설원에 떨어진 신토불이

정충모 수필집

설원에 떨어진 신토불이

정충모 수필집

지구문학

♣♣♣♣♣ 내가 캐나다로 이민을 온 것은 선천적인 방랑기도 있지만 젊어서부터 객지로 떠돌던 미지의 유혹을 떨치지 못해서다. 아시아권으로부터 사우디아라비아, 이라크, 바레인, 이란 등 중동의 여러 나라로 흘러 다니다 종국에는 캐나다를 마지막 보루로 정하였으니 나의 역마살은 가히 병적이라 하겠다.

캐나다로 오면서 나 자신과 약속을 했다.

'일년에 한 번은 달러 변을 내서라도 고국을 찾겠다고! 일년 안에 고국을 못 찾으면 그것은 이민이 아니라 귀양살이라고……'

그 약속이 지켜져서 매년 한국엘 나간다. 모르는 사람은 돈을 많이 버는 것으로 오해를 한다. 애써 변명할 필요는 느끼지 않는다. 궁색하게 보이는 것보다 낫지 않은가? 잘 얻어 먹는 거지는 입기도 잘 입어야 되니까.

자주 나가다 보니 생일도 고국의 큰댁에서 하는 빈도가 잦아
졌다. 늘 후덕하고 넉넉하신 형수님이 조카들을 모아놓고 한상
뻐드러지게 차려주면 나는 때 아닌 횡재에 기분이 충만하다.
얼마나 기분 좋은 일인가. 일전 한 푼 안 들이고 이런 융숭한
대접을 받으니 자린고비 작전도 이 정도면 얌체 중의 상얌체
다. 물론 본의는 아니지만!

금송아지 한 마리 없이 동·서로 떠돌며, 태풍이 불면 태풍
을 맞고 눈보라치면 눈보라를 맞으면서 바람 따라 구름 따라
북미에 뿌리를 내린 지도 어언 20여 성상! 그동안 주섬주섬 모
은 원고가 장편소설 한 권의 분량이다. 많은 갈등을 하며 출판
을 결심했지만 속옷을 벗었다고나 할까? 마치 어린 시절 동구
밖 황톳물에서 알몸으로 자맥질하다 들킨 기분이고, 마라톤에
서 완주는 했지만 꼴찌를 한 기분이기도 하다. 그래도 완주를
했다는 데 자부심을 갖는다. 그 누구도 뛰어 보지 않고는 이런
감정을 느낄 수 없을 테니까?

하늘을 벗삼아 구름 속을 유영하며 태평양을 오고 가면서 고
국과 캐나다에서 경험한 고단했던 더부살이 이야기들이 수록
되어 있고, 격동기 시절 조상들의 실제 생활상을 과거와 현재
로 일별하여 수필 속에 적나라하게 접목시킨 것이 나름대로 이
책의 특징이라 할 수 있다.

고고한 품위는 없다. 심오한 철학이 있는 것도 아니다. 그렇
다고 깊은 종교가 있는 것은 더욱 아니다. 그때그때 느낌에 따
라 역사·체육·연예 등을 해학과 풍자와 콩트로 엮어 본 민초

의 산문이다. 잘한 일엔 칭찬을 가했고 잘못된 일엔 비판하는 것도 서슴지 않았다. 민감한 부분에서는 무식한 속어를 가미해 가며 시대상황을 저격하기도 했다.

구체적으로 표현하자면 단조로움에서 탈피하여 나름대로 좌충우돌해 본 돈키호테식 이색적인 넋두리다. 굳이 이 책을 발간함에 있어 동기가 있다면, 책방마다 유명한 문인들의 책들이 주인을 찾지 못하고 방치되고 있음이 안타까웠다고나 할까. 물이 너무 올곧게 한 곳으로 흐르면 지루하듯이 책도 마찬가지라 생각되었다. 인생역정에서 때로는 풍랑이 일어나고, 억센 회오리도 일으키는 굴곡이 있어야 독자들이 흥미를 느낄 수 있지 않을까 싶다.

더욱이 컴퓨터가 문명을 지배하는 시대에 난해한 허무주의는 자칫 독자들에게 외면당하기 십상이고, 지나친 문화적 가치와 글의 품위만 추구하다 보면 진부한 겉치레가 될 수도 있다. 물론 독자들이 평가할 문제지만…….

나의 글은 이미 캐나다 「한국일보」와 「중앙일보」에 게재된 것이 많다. 양대 신문사에 진심으로 감사를 드린다. 일찍이 포기했던 문학의 길을 재충전하게 되어 기쁘다. 그리고 이 책에는 언급하지 않았지만 과거 중동생활에서 겪은 애환은 훗날 자서전에 실을 것을 기약하며, 가까운 미래에 후속 작품집으로 나의 문학장르인 시조시집도 펴낼 계획이다.

끝으로 이민을 꿈꾸는 사람이나 유학을 생각하는 가족들에게 많은 도움이 되기를 기대한다.

Contents

1부

차례

2부

3부

차례

1부

스님도 사람이다

♣♣♣♣♣ 캐나다로 떠날 날이 달포쯤 남았을 때였다. 이역만리 타국에서 식솔들과 살아갈 생각으로 여러 날을 고민하던 끝이었는데, 마침 텔레비전에서는 연속극 「강화도령」을 방영하고 있었다.

무조건 신촌에서 출발하는 시외버스를 타고 강화도로 달렸다. 답답한 마음에서 아무데나 달리고 싶었다. 겨울 끝자락에서 봄을 시샘하는 2월이었지만 아직도 군데군데 겨울의 잔설들이 썰렁하게 남아돈다.

원범(철종)의 집을 돌아보니 강화도령이 노루처럼 산천을 누비던 모습이 피부에 와 닿는다.

원범이 살던 집 바로 옆에는 절이 있었다. 겨울철이라 그런지 인적은 끊겨 있었다. 스님이 장삼을 입고 눈을 치우며 나를 보자 합장을 한다. 나도 스님을 따라서 합장을 하였다. 장삼 사이로 한랭이 스며드는지 스님은 몸을 움츠린다. 스님을 보자 답답한 마음을 풀어보고 싶은 충동이 생겼다.

머리도 식힐 겸 목적도 없이 무조건 강화행 버스를 타고 온 것이 운 좋게 스님을 만나게 되었던 것이다.

스님에게 캐나다에 가게 된 자초지종을 말씀 드리고 ‘저의 앞날을 보아 주십사’ 하고 매달렸다. 사람은 평소에는 신에 대해 무관심하다가도 곤경에 처하면 어떠한 불가사의한 신적 존재에 곧잘 의지를 하게 된다. 나 또한 난생 처음 지푸라기라도 잡는 심정으로 스님에게 매달렸다

“제가 뭐 아는 게 있어야 말이죠?”

스님은 특유의 고정한 모습으로 허허 웃으며 정색을 한다. 그러지 마시고 이 추위에 찾아온 저를 생각하서서 보아 주시면 고맙겠다고 간곡히 다그치자 피할 수 없음을 의식한 스님은 “잘은 모릅니다만 아는 데까지는 보아 드리지요.” 그러고는 나의 관상을 더듬고 손금을 만진다. 한참 같은 동작을 반복하던 스님이 말문을 연다.

“생각을 잘 하셨군요? 큰 운은 없겠지만 굴곡 없이 평탄한 생활은 할 수 있을 것입니다. 이왕에 결정하신 거 지금에 와 포기할 수 없는 일이 아닙니까? 마음 편히 가십시오.”

사실 그랬다. 이런 상황에서 불길하다는 소리를 해 봤자 포기할 수가 있겠는가? 스님이 나의 앞일을 알았다기보다 마음이나 편하게 해 주려는 뜻이었으리라. 스님의 말을 듣고 반신반의했던 마음이 조금은 편해졌다.

"추운 날씨에 수고하셨는데 복채라도 드리고 싶은데……."

스님의 옆모습을 훔치며 조심스럽게 의사를 물었다.

"대단치도 않은 일을 했을 뿐인데, 개의치 마십시오."

극구 사양을 한다.

"스님! 곡주 좋아하시나요? 날도 쌀쌀한데 곡주 한 잔 대접하고 싶은데……."

"곡주라? 곡주면 술이 아닙니까? 허허, 곡주라는 말은 내가 할 말인데 손님께서 하시는구려."

좋다 싫다 말도 없이 뜨뜻미지근하게 대답하는 뜻이 무언의 기다림이었다. 나 역시 말은 그렇게 하였지만, 실은 추운 날씨에 내가 더 생각이 났던 것이다.

솔직하지 못한 스님 마음을 이해했다. 아니 이해할 수밖에 없는 상황이었다. 한달음에 상점으로 달려가 소주 4병과 오징어를 사가지고 스님과 마주 앉았다. 막상 앉고 보니 특히 할 말이 없어 요즘 방영되는 「강화도령」으로 화제를 돌렸다. 술이 거나해진 스님은 원범의 생애를 상세히 이야기해 주었다. 강화도에서 살아서 그런지 강화도령에 대해선 꽤나 박식하였다.

안동김씨가 60여년 동안 권력을 휘두를 때 일이다. 순조 임금이 승하하고 마땅히 대를 이을 왕손이 없어 고민하던 조정에서는 강화도에 살고 있는 원범을 왕으로 옹립하려고 강화도로 신하를 내려보냈다. 대신 앞에 서 있는 원범의 어눌한 태도는 그야말로 천둥벌거숭이였다.

특유의 강화도 말로 "어서 오신 뉘시니까. 어떻게 왔으니까?"

영의정 정원용 대감이 어이가 없어 '상감마마' 소리를 길게 하자. "무슨 말이 그리도 길으시니까" 하며 침을 질질 흘리며 희죽거린다.

궐내에도 후계자가 많은데 굳이 원범을 택한 것은 길게 설명할 필요가 없다. 영특한 사람으로 승통하면 안동김씨들이 대대로 누려온 권세가 위태로울 테니까 짐짓 무능한 임금을 찾았던 것이다. 이 분이 곧 사극에 많이 알려진 비운의 강화도령 철종이시다.

그렇게 대궐로 끌다시피 모시고 온 철종을 궁중 법도를 가르친다며 세뇌시킨 것이 '그게 좋겠소. 그렇게 하시오' 라는 문구였다.

중전이 무어라고 해도 "그게 좋겠소. 그렇게 하시오." 대신들이 결재를 내릴 때도 "그게 좋겠소. 그렇게 하시오" 하며 연신 옥쇄나 꾹꾹 찍어댔다. 이러하였으니 나라꼴이 제대로 되었겠는가. 당시 안동김씨들의 권력이 어느 정도였다는 것이 짐작이 간다.

조선의 왕중에서 철종만큼 단명한 왕도 드물다. 강화도에서 자유롭게 살던 몸이 하루아침에 창살 없는 감옥신세를 하고 있으니 어찌 병이 안 생기겠는가. 안동김씨 그늘에 웅지 한 번 펴보지도 못하고 재위 14년 만에 요절하고 만다.

나도 강화도령에 대해선 얼마만큼 알기 때문에 스님의 이야기를 건성으로 들으며 소주잔만 기울였다. 일배 일배 술이 거나해진 스님은 신이 나서 연신 머리를 훔치며 얘기도 잘한다.

한낮이 기울자 날씨는 점점 쌀쌀하여 일어서려니까, 오히려 스님이 아쉬워하며 더 있었으면 하는 표정이다.

"스님 잘 듣고 잘 먹고 갑니다."

나의 작별인사에 합장을 하는 스님의 자세는 아까와는 달리 흐트러졌다.

"손님 소승은 술을 먹은 것이 아니라 곡주를 마신 겁니다."

스님은 술을 먹었던 것이 마음에 걸렸던지 변명 비슷한 암시를 주며 손을 흔든다.

스님도 역시 인간이었다. '공수래의 공수거' 라는 생각은 나와 별반 차이 없어 보였다. 곡주를 마신 스님이나 술을 마신 나나 극락이나 천당은 애당초 물 건너 간 것 같다.

반면 진리와 도리는 이승에서 만들어진 인간의 합리적 논리이지, 이승에서 진리가 사후 극락이나 천당에서는 악이 될지 누가 알겠는가. 죽어 봐야만 알 테니까. 하나님이나 옥황상제님한테 벌 받을 소리지만……

고국 산천의 신음

♣♣♣♣♣ 그동안 여러 번 고국을 방문했지만 사업상 다녀오느라, 별로 고국에 대한 인상이 남는 것이 없다. 그래서 이번만큼은 여유로운 마음으로 입국을 하였지만, 벽두부터 실망이 기다리고 있었다.

어디에도 고국의 옛 모습은 찾아볼 수가 없었다. 몇 그루 안 남은 노송과 상수리 나무만 오랜 풍상에 시달린 몰골로 나를 반기지만, 늦게 온 것을 원망이라도 하듯, 스산한 바람만 공허하게 가슴 속을 파고 든다. 난 허허로운 마음에 늙은 노송을 부여안고 깊은 고뇌에 빠진 철학자처럼 옛 고향을 더듬어 본다. 아쉽게 떠오르는 건 아무것도 없다. 이렇게 고국산천은 황폐되어 있었다.

대지는 살아 숨쉬고 있다. 그러나 산업의 물결은 여지없이 대지를 짓누르고 있다. 그럴 때마다 대지는 본능적으로 내면으로부터 분출하려고 부단히 몸부림을 치지만 그럴수록 문명의 발톱은 소리없이 대지의 영혼을 살육하고 있다. 이산화탄소 중독으로 인해 동식물들은 날로 열병을 앓고, 각종 활엽수들은 조로되어 아름다움을 발산하지 못하고 있다. 디디티(DDT)를 뿌려 놓은 머리 속처럼 산은 온통 오갈이 들어 병색으로 신음을 하고 있는 것이다.

청계천 하꼬방같이 지은 집에 식용개 짖는 소리는 산천을 술렁이고, 조석으로 뿜어대는 쓰레기 태우는 악취는 산중턱에 걸려 있는 운무 속으로 빨려 들어가 각종 질병을 유발해 생태계를 파괴하고 있다.

공업용 폐수로 인해 실개천에서 서식하던 각종 물고기들은 멸종된 지 오래 됐다. 반 야생화 된 고양이들은 개집을 방황하며 쓰레기통에 들어 있는 내용물로 허기를 때우며 구차한 생을 연명하고, 반 야생화 된 고양이들이 노란 눈을 뻔뜩일 때마다 소름이 끼친다.

까치가 울면 반가운 손님이 온다는 속담도 한낱 옛날 얘기가 되어 버렸다. 허기를 이기지 못한 까치들은 머리 위를 날아다니며 살이라도 쪼아 먹겠다는 듯 살벌하다. 어린 시절 다람쥐를 쫓다 갈증이 나면 파란 이끼를 호호 불며 마시던 옹달샘은 하남시민의 식수로 오염된 지가 오래 됐고, 콘크리트 벽에 덕지덕지 붙은 촛농은 만신의 넋두리가 들리는 듯 음충스럽기 그지없다.

거미줄처럼 처져 있는 전선 사이에서 전류 흐르는 소리는 마귀할멈의 음흉한 웃음인 듯 사정없이 목을 조인다. 우후죽순처럼 생겨난 창고(하남시에서만 통하는 집), 먹을거리집, 주차장들은 온통 주위를 어지럽히고 있다.

오호통재라! 콩 한 쪽이라도 쪼개 먹던 옛날 인심은 어디서 찾을 수 있단 말인가? 삶이 조금 풍요로워졌다고 행복이 전부인 양 모두 다 나태한 정신 상태는 자기중심 위주로 전락해 이타심은 어디에서도 찾아볼 수 없고 멸시와 중상모략으로만 팽배해져 있는 것이다.

고작 감나무 몇 그루가 자투리땅에 고즈넉이 자리를 지키고 있어, 여름날 서슬 푸르던 위풍은 찾아 볼 수가 없고, 까치밥 몇 알이 공해에 노랗게 멍이 들어 있어, 잃어버린 초원을 보상이라도 받겠다는 듯 설원에서도 굽히지 않고 오돌거리고 있는 것이었다.

준비성 없는 국토개발은 퇴폐 향락을 조장하였고, 그릇된 문화 관념은 방종으로 이어지며 무절제한 생활만 양성시켰다. 한 치 앞을 내다보지 못하는 무지몽매한 행정이 부메랑이 되어 돌아오는 것이다.

모처럼 찾은 고국 방문이 이토록 시작부터 쓸쓸하기만 했다.

광우병

❧❧❧❧❧ 고국에는 미국에서 수입하는 소고기가 광우병을 유발한다고 '일망천리'로 퍼지고 있다. 급기야는 촛불시위까지 등장하며 아우성들이다. 광우병 바이러스가 침투한 소고기를 먹으면 인체에 치명적이고, 목숨까지 잃을 수도 있다고 한다.

몇년 전까지만 해도 광견병 소리는 들었어도 광우병은 생소한 소리였는데, 요즘에 와서는 조류 인플루엔자까지 발생하여 축산업자들이 몸살을 앓고 있다. 신이 내린 저주의 괴질병이라고까지 한다. 과학문명에게 인간이 지배당한다고 종교계에서 말하는 것처럼 지구에 종말이 오긴 오는 모양이다.

연일 신문지상에 보도되는 말이 중복될 것 같아 이야기를 거슬러 올라가 본다.

해방과 더불어 맞이한 6.25 한국전쟁은 우리에게 극심한 피해를 주었다. 황폐한 농촌은 피죽도 먹기가 힘든 시절이었다.

연년마다 가뭄이 들어 기아에서 허덕이던 게 불과 반세기 전
일이다.

고기 한 점도 추석이 아니면 설날에나 먹을 수가 있었고, 집
안에 경사가 있을 때나 먹어볼 수가 있었다. 뜻밖에 고기 근이
라도 생기면 뼈에 묻은 살코기 한 점이라도 더 먹으려고 눈동
자가 하얗게 돌아간다. 그런 다음 뼈다귀는 물에다 깨끗이 빨
아 가마솥에다 우거지와 같이 끓여 울궈 먹는다.

잔치 때나 명절에는 이장이 집집마다 방문을 하여 주문을 받
는다. 넘고 처지면 손해가 나기 때문이다. 계산을 맞추고 난 후
마을 한가운데 우물가에서 소를 잡는다. 동네장정들이 소의 코
뚜레를 묶어 놓곤 도끼로 콧등을 대여섯 번 내리치면 덩치 큰
소가 맥없이 무너진다.

돼지는 양발을 묶어놓고 예리한 칼로 목줄을 끊어 죽인다.
마지막엔 목구멍으로 '푸욱 푹' 피를 토하며 숨이 끊어진다.
몸서리가 쳐지는 끔찍한 장면들이었다. 이런 잔인한 도축 과정
을 거쳐야 고기 몇 점 얻어먹는 시절이었다.

어렵사리 얻은 고기 몇 점은 집안의 우환거리를 만든다. 고
기 한 점을 떼어 아들 입에다 물려준 것이 화근이다. 어머니는
어서 삼키라고 눈을 움찔거린다. 갑자기 들어간 고기는 목구멍
에서 미어진다.

넘어가질 않아 끼룩거리며 눈물까지 질금거린다. 맛이 있든
없든 고깃덩이가 넘어가는 것을 보고 나서야 안도의 숨을 쉬
며, 당신이 먹은 것보다 더 흐뭇해 하던 부모님들의 눈물겨운

시절의 자식 사랑이었다.

단시일만에 물질만능의 향락은 무섭게 돌변했다. 시내고, 산장이고 사람 발길이 닿는 곳에는 영락없이 갈비집이 생겨났다. 갈비도 기름덩어리는 골라내며 배를 두드리며 먹어댔다.

몇년 전 갈비로 인해 쓰레기장으로 버려지는 것이 연간 2조 원이라는 엄청난 통계가 나왔다는 것을 신문에서 본 바 있다.

언제적 우리가 이렇게 흥청거렸나? 피죽도 못 먹던 시절이 엊그제인 듯 싶은데! 세상 많이 변했다는 격세지감이 '더블' 로 느껴진다. 물론 병든 고기를 먹으라는 얘기는 아니다. 이런 시절을 생각해서 자숙했으면 하는 바람이다.

미국과 체결된 소고기 협상은 미국이 일방적으로 체결한 것이라 무효라며 국민들이 재협상을 요구했다. 미국은 정치적으로 민감한 상황에 처하면 버릇처럼 해방과 6.25를 들추어내어 통상 마찰을 하겠다고 으름장을 놓는다. 이번 자유무역협정(FTA)도 예외일 수가 없다.

미국은 낡은 기득권을 버려야 한다. 퀘퀘 묵은 보은을 자기들 잣대에 맞추는 것은 우방의 자세가 아니고, 강대국의 협박으로 볼 수밖에 없다.

한국은 이미 오래 전에 여러 경로를 통하여 미국의 은공을 갚은 것으로 기억된다. 따라서 국민들도 미국이 아니면 안 된다는 종속국 정신에서 벗어나야 한다. 청문회가 무슨 소용이 있는가? 떡줄 사람은 빗장을 치고 있는데 우리끼리 청문회를 해봤자 고작 깃털 몇 사람 자르는 것 외에 무엇을 할 수 있는가?

고기는 안 먹으면 그만이다. 여태껏 먹은 것만 해도 평생 축적이 되어 있어 뱃속에 기름을 뺀다고 기를 쓰고 운동을 하지 않는가?

돈이 많으신 분들이야 한우를 먹으면 되고, 돈이 없으면 나물 먹고 물 마시면 되는데 무엇이 걱정인가? 그래도 먹고 싶으면, 먹고 죽은 귀신 때깔도 좋다는데, 목숨 걸고 게걸스럽게 잡수시라.

어차피 죽고 사는 건 신이 준 운명인 것을……

골프와의 악연

♣♣♣♣♣ 푸른 하늘에 포물선을 긋는 백구의 향연도 어깨 위로 낙엽이 흩날리며 서서히 막을 내린다. 필드를 주름잡던 골프광들은 한겨울을 보낼 생각에 벌써부터 걱정이 되어 한숨 섞인 푸념을 한다.

집에서 죽치고 있자니 마나님들 뾰로뚱한 얼굴을 보는 것도 두렵다. 자칫 마나님 비위를 건드렸다간 그나마 밥 한 그릇도 못 얻어 먹을 처지이기 때문이다. 이래저래 비 맞은 장닭이 되어 비실비실 모이는 곳이 실내 골프장이다. 머지않아 황천길에 꽃상여를 타고 만가를 부를 노구老軀들이지만, 입들은 살아서 어항 속 금붕어처럼 잘도 뻥긋거린다. 그런 무리 속에도 끼지 못하고 귀동냥이나 하는 내 처지가 영락없는 꾸어다 놓은 보릿자루다. 자의 반 타의 반 골프를 배우려고 생각중이었는데, 골프광인 친구가 미처 생각할 겨를도 없이 반강제로 지갑을 뺏다

"

시피 하여 날름 계약을 해 버린 것이다.

"어쩌겠어요? 기왕 시작하신 거니까 어머니도 같이 배우세요"라고 아들이 골프채를 사주었다. 실내 골프장은 모두가 선생이다. 이 사람 저 사람 중구난방 자세를 잡아주지만, 어느 장단에 춤을 추어야 할지 혼란스러워 도통 능률이 오르지 않는다. 더욱 가관인 것은 집사람의 자세를 잡아준답시고 송사리 떼들처럼 달라붙어 스킨십하는 꼴이 민망해 슬그머니 부아가 나고 자존심이 상했다. 골프고 뭐고 집어치우고 싶지만, 그동안 투자한 돈이 아까워 아예 프로 선생한테 한 달 동안을 배우니 조금은 자신이 생겼다.

실내 골프장에는 퍼팅만 연습하는 홀이 1번 홀부터 4번 홀까지 있다. 1번 홀은 산세가 험악해 백마고지 탈환하듯 육탄전으로 밀어 붙여 한 방에 따먹듯 집어 넣어야 한단다. 2번 홀은 죽음의 계곡이라 누구든 이 습속에 빠지면 코피가 터져 나온다고 한다. 3번 홀은 황금 물결치듯 능실능실 흘러 들어간다고 하여 아녀자의 가슴 만지듯 살며시 밀어붙이라는 것이다. 마의 4번 홀은 난공불락이라 이런 여자를 만나면 뼈도 못 추리고 녹초가 되어 버린다고 한다. 필드의 명칭들이 음담패설(a filthy talk)로 이어져서 골프를 배우려면 자연스럽게 입이 걸어지고 그 분위기에 동화될 수밖에 없다.

클럽도 제대로 못 다루는 햇병아리에게 퍼팅도 배워야 된다면서 커피내기를 하자고 꼬인다. 차라리 귀신의 커피를 뺏어 먹는 게 낫지, 언감생심 그들을 당하겠는가. 내가 퍼팅을 하는 날엔 모두들 느긋해진다. 꼴찌로, 둘찌만 해도 꼴찌가 다 사기 때문에 따 놓은 당상이라 생각하는 것이다. 한 해 겨울에 내기 해서 진 커피 값이 가랑비에 옷 젖는다고, 조금 보태서 기둥뿌리가 두 개가 빠져 버렸다. 그러면서 한다는 소리들이 프로가 되려면 대들보도 빠질 각오가 되어 있어야 한다고 한다.

실내에서 아무리 연습을 해야 실력이 늘지 않으니까, 실제로 경험을 쌓아야 한다고 필드로 끌려 나갔다. 부부가 화목하게 살려면 신랑 각시가 첫날밤에 머리를 잘 얹어야 평생을 행복하게 산다고 조선시대 구닥다리 결혼식을 예로 들어가며 저녁을 뺏어먹을 구실을 또 만드는 것이다.

이렇게 해서 필드로 끌려 나가면 황당해진다. 실내에서는 있는 모션 없는 모션 다 써 가며 지극 정성으로 가르치더니 실전에 와서는 공이 물에 빠지든, 나무 속으로 들어가든, 드라이버를 치든, 아연을 치든 입을 함구하고 자기들 것만 신경을 쓴다. 웬놈의 규칙은 그리도 까다로운지 '앞으로 가면 벌금이다. 뒤로 가면 반칙이다' 하며 골프는 신사 게임이라며 유식한 체는 다한다.

앞에서 끌고 뒤에서 밀리고 숨이 턱에 차 헉헉대고 배운 골프가 햇수로 3년째다. 늦게 배운 도둑이 날 새는 줄 모른다고, 골프광이 되어 버렸다. '아임 크레이지 어바웃 골프' (I'm crazy about golf)다. 극성스럽게 가르쳐준 분들께 늘 감사하고, 암! 그동안 저장해 놨던 커피 값도 되돌려 받아야지…….

기둥이 쓰러지다

❖❖❖❖❖ 말미산 쪽에서 눈보라를 동반해 불어 닥친 태풍은 동리를 한 바퀴 휘몰아쳐 놓곤 언덕 저쪽으로 황망히 넘어갔다. 그 바람에 이엉으로 엮은 초가집들은 듬성듬성 뒤집혀 있다. 마치 읍내 상가에 제멋대로 걸려 있는 간판처럼 모양이 흉측하게 보인다.

밤새 나뭇가지 사이를 스치는 칼바람마저도 가뜩이나 우환이 있는 집안에 심술을 부렸다.

아까부터 아버지의 가냘픈 신음소리는 간간이 들려 왔다. 아버지의 임종이 임박했음을 서로의 눈빛에서 확인할 수가 있었다. 건넛마을 의원은 오늘 따라 더디 왔다.

어머니는 안절부절 못하며 대문 밖에서 의원 오기만을 초조하게 기다리고 있다. 한참만에야 갓을 쓴 의원이 누렇게 찌든 도포를 걸치고 도착하였다.

지팡이를 짚고 쉴 새 없이 콜록거리는 것이 오히려 의원이 환자처럼 보인다.

한참동안 눈을 움찔거리며 맥을 짚던 의원이 돋보기 너머로 눈을 걷어 올리며 입을 오물거린다. 어려울 것 같으니 마음의 준비를 하라는 것이다.

이가 빠져 말할 적마다 양 볼이 오목오목 들어가 졸랑하게 보인다.

어머니는 아버지를 큰 병원으로 모시고 싶었지만 병세가 악화되어 소생할 기미가 보이지 않자 체념을 하시었다.

그 무렵에는 병원이 시내 아니면 읍내나 나가야 있었다. 산간벽지나 오지에는 고작 한약방 한둘이 있을까 말까 했다. 약초를 캐다가 퇴방 구석에 벌(왕땡이)집 모양 천장에다 빼곡히 매달아 놓고 환자에게 조제하여 준다.

너무 오래 되고 곰팡이가 생겨 오히려 그걸 먹으면 없던 병이 더 생길 것만 같았다.

어머니는 마지막이 될지도 모른다고 나를 아버지 곁으로 데리고 갔다. 형들과 누나에게 정을 다 쏟은 아버지는 나에게는 잔정을 주지 않으셨다.

말년에 고질병인 천식 해수병으로 고생을 하시면서 만사가 귀찮아 그랬던 것 같다. 아버지의 모습은 어느 곳 하나 정을 붙일 수 없는 몰골이었다. 마지막을 보내는 아버지의 모습은 이렇게 깡마른 기억뿐이었다.

토지개혁으로 재산을 잃은 우리의 생활은 액운과 시련의 연속이었다.

　처음부터 없었다면 그도 저도 몰랐을 텐데, 하루 아침에 몰락을 하고 보니, 풍요롭던 환경에서 벗어나기란, 오랜 세월이 흐르고 나서야 빈곤생활에 적응할 수가 있었다.

　영주로부터 땅을 차지한 소작인들은 지배 받던 한을 풀기라도 하듯이 제 세상 만난 듯 춤을 추며 기뻐 날뛰었다. 영주들은 어떻게든 땅 한 뼘이라도 더 찾아보려고 노력했으나 소작인이 안 들어주면 도리 없이 빼앗기고 말았다. 빼앗긴 것이 아니라 새 법에 의해서 희생이 된 것이다.

　그로부터 지주와 소작인들의 갈등은 대를 이었다. 소작인들은 궁핍했던 시절을 피해망상으로 사로잡혔고, 지주들은 지주들 대로 관리계급의 권위주위가 뿌리 깊이 도사리고 있어 기름과 물 같은 사이가 되어 버렸다. 결국 할아버지 때의 굴종이 후대까지 원망의 대상이 되었던 것이다.

　내성적인 형은 결국 그 굴레에서 헤어나지 못하고 대인 공포증, 신경성 질환, 노이로제의 혹독한 시련에 말려 약물에 의지하며 구차스럽게 살고 있다.

　큰 형수의 각별한 보살핌이 없었으면 형은 이미 저 세상 사람이 되었을 것이다. 여러 차례 병원을 전전하며 치료를 받았지만 형의 병은 물리적 치료보다 주위의 따뜻한 애정 어린 관심이었다.

　그러나 주변의 인심은 더욱 냉혹하기만 하였다. 허울 좋은 위로는 세치 혀의 동정이었고, 속빈 강정이고, 혐오와 환멸만

줄 뿐 그들의 속내는 쾌재의 충만이었다.

얼마 후 그토록 회생을 갈망하던 아버지는 식구들을 외면한 채 영원한 하늘나라로 영면하셨다. 고질병인 해소가 결국 죽음으로 몰았던 것이다.

제헌 국회의 헌법 개정으로 만들어진 토지개혁(지주계급을 없애야 한다고 주장하는 사회주의적 국유론, 마르크스나 레닌의 주장)으로 희생된 이 시대의 가장 불행했던 마지막 지주의 쓸쓸한 생애였다.

꼬부랑 글씨

✦✦✦✦✦ 달포를 쉬고 나니 캐나다 정경이 조금씩 다가오고 있었다. 서서히 초조해지기 시작했다. 영어 학교를 입학하였다. 셀본에 있는 한국인들만 다니는 학교였다. 6개월을 다녀도 우둔한 탓인지 별로 진전이 없어 이종 누나의 소개로 (로렌스와 돈밀에 있는) '오벌랜드' 외국인학교로 옮겼다. 규모가 굉장히 큰 학교라서 학생들도 많았다. 주로 중동·러시아 학생들이 많았다. 우리나라 학생도 제법 있었다.

일본 학생이나 중국 학생들, 그밖의 여러 나라 학생들은 옹기종기 모여 앉아 그들끼리 공부를 한다. 유독 우리나라 학생들만 여기저기 흩어져서 공부를 하였다. 처음에는 이상하게 생각이 들었는데 금방 깨달았다. 이유는 간단하다. 쓸데없는 자존심 때문이었다. 내가! 왜! 너한테 배우느냐는 한국인만이 지니고 있는 편협한 특성 때문이었다.

타민족은 그렇지가 않다. 잘 하는 학생은 모두가 선생이다. 모르는 것이 있으면 물어보고 가르쳐주고 서로 협력하여 공부의 능률도 많이 오른다. 가르치는 입장은 아주 성의를 다해 가르치고 배우는 입장에서도 겸허한 자세로 배운다. 잘한다고 해서 과시하는 일이 전혀 없고, 모른다고 해서 부끄럽게 생각하지를 않는다. 아니꼽다는 생각은 추호도 가지질 않고, 그런 생각 자체를 아예 못하는 것이다.

협동심이 결여된 우리들이 본받아야 할 일이다. 그렇기 때문에 우리나라가 운동을 해도 개인종목에서는 잘해도 단체 종목에서는 약하다는 말을 듣는 것이다. 내용을 모르는 선생은 한국 학생들끼리 잡아주지만 며칠을 못가 또 흐트러진다. 선생이 이상스러운지 고개를 갸우뚱한다.

일본인 학생 하나가 한국에 대해서 조금은 아는 것 같았다. 한국에서 2년 동안 살았다면서 한국말을 곧잘 하였다. 너의 나라 속담에 "사촌이 땅을 사면 배가 아프다는데 그게 무슨 뜻이냐"고 물었다.

순간 나는 머리가 곤혹스러워졌다. 일본인이라면 나도 배타적이다. 이민 와서까지 그럴 필요가 없다고 생각하면서도 그들에 대한 적개심이 쉽게 가셔지지 않기 때문이다. 그의 질문에 난 한참 망설였다. 솔직히 말해 주자니 우리의 치부를 드러내는 것 같아 선뜻 서질 않았다. 난 잠시 뜸을 들이다가 나름대로 아이디어를 짜냈다.

"내가 지금 밀린 숙제가 많아 바쁘니까! 내일 와서 알려주겠다"고 얼버무리고 순간을 넘겼다. 내일이 걱정이었다. 이튿날 일본인 학생은 어제의 자기 질문을 기다리기라도 하듯 내 곁으로 다가와 앉는다. 난 나름대로 짜낸 생각을 말해 주었다.

"네가 우리나라 속담을 잘못 알고 있는 것이다. 사촌이 땅을 사면 배가 아픈 것이 아니라 땅을 사면 배가 고픈 것이다. 생각해 보라! 사촌이 땅을 사면 동생인 내가 돈을 꾸어주어야 하는데, 그렇게 되면 돈을 꾸어준 나도 분배가 되어 배가 고플 것이 아니냐?" 하며 그런대로 위기는 넘겼지만 그 학생이 나의 말을 믿었는지는 모를 일이다.

이민 온 지 얼마 안 된 40대 쯤 되어 보이는 젊은 아줌마 2명이 입학을 하였다. 하는 폼이 한국에서 행세 꽤나 하는 여자들이었다. 몸에 걸친 현란한 옷차림하며, 손목에는 금팔찌를 치렁치렁하게 치장을 하고 교내를 활보하는 행동이 눈살을 찌푸리게 하였다.

처음에는 이곳 사정을 모르고 그러려니 했는데 원래가 태생적이었다. 공부를 하러 오는 건지 패션쇼를 하러 온 건지 혼란스런 옷차림은 분간이 안 간다.

흔한 말로 미니스커트를 보따리에 싸 머리에 이고 다닐 정도로 치마 끝이 짧다. 걸상에 앉아 공부를 하면 책상 밑으로 아랫도리가 훤히 들여다보인다. 주위의 눈초리는 아예 관심밖이다. 중동의 젊은 학생들이 저희들끼리 킥킥거리고 웃는 데도 철판이다.

보다 못해 귀띔을 해도 어떻게 영어를 하려는지 "넌 업 유어 비즈니스"(None of your business), 남의 일에 참견하지 말고 자기 일이나 잘 하란다. 못된 문장은 원래 쉽게 들어오는 법이다.

남편들 하는 행동 역시 부창부수다. 아침마다 캐들락 고급 승용차로 부인들을 학교까지 태워다 준다. 그리고는 골프 아니면 낚시를 하러 가는 것이었다. 그런 꼴을 보며 몇 달을 공부했는데 어느 날부터 보이질 않았다. 후에 들은 얘기지만 수년 동안 대책 없이 놀러만 다니다 가져온 돈은 바닥이 나고, 집에서 오는 돈줄이 끊겨 역이민을 하였다고 한다.

재력가인 시아버지가 돈을 부쳐 오다 며느리들의 하는 꼬락서니들을 알고는 아예 돈은 부쳐 주지를 않았다고 한다. 허영에 들떠 이민을 왔다가 허세만 떨다 나라망신만 시키고 돌아갔다. 늦게나마 정신 차리고 돌아간 것만도 천만 다행이다. 보태 준 건 없어도 아무튼 이가 빠진 것같이 시원하였다.

초고속 KTX를 타고

✦✦✦✦✦ 한국은 2004년 4월 1일, 바야흐로 시속 300킬로미터나 달리는 KTX가 개통되어 초고속시대가 열렸다. 일본, 프랑스, 독일, 스페인에 이어 세계 5번째로 고속철도 개통국가가 된 것이다.

우연의 일치라 할까. 운 좋게 난 한국에 있었다. 호기심은 가지만 옹색한 군자금이 문제였다. 두 분의 형수, 작은 형님, 누이, 나까지 하면 5명이다. 한 사람 앞에 9만원씩이니까, 도합 45만원이 된다. 혼자 가자니 모양이 안 좋고, 이 분들을 모시자니 비용이 만만치 않아 밤새 뒤척이다, '에라 모르겠다. 한국에 왔으면 응당 자기들이 시켜 주어야 하는 게 아닌가!' 하는 고약한 이기적 계산 때문에 새벽같이 도둑고양이처럼 조카 집을 빠져 나왔다.

하남시에서 서울역까지는 지하철로 1시간 남짓하게 걸린다.

서울역엘 도착했는데도 5시가 채 안 됐다. 첫차 6시까지는 아직도 1시간이 남아돈다. 할 일 없이 서성이다 식구들이 걱정을 할 것 같아 전화를 했다. 조카가 기다리기라도 했다는 듯이 수화기를 들자마자, "삼촌? 야반도주하듯 어디를 가시는 거예요? 용돈은 있으세요?" 하며 숨 가쁘게 한꺼번에 묻고는 어이없다는 투다.

그동안에 있었던 경위를 대충 설명하자, "그렇지 않아도 가시기 전에 한 번 구경시켜 드리려고 의논을 했는데 그동안을 못 참으시고 애들처럼 쯧쯧……."

주객이 전도되었다고나 할까. 제법 어른처럼 점잖게 타이르듯 말을 한다.

"아냐? 그런 것이 아니고 첫날 첫차 첫 시간의 기분을 만끽하고 싶었던 거야."

변명으로 얼버무렸지만 자금 문제는 차마 입밖에 내지를 못했다. 조카와 어색한 여운만 남기고 전화를 끊고 차에 올랐다.

고건 총리 이하 여러 관계기관의 간부들이 테이프를 끊었다. 신문기자들도 흥미 있는 기삿거리를 만들려고 바쁘게 움직인다.

번호에 맞춰 좌석에 앉았다. 상큼하고 늘씬한 승무원 아가씨들의 서비스는 그야말로 신선했다.

'늘 저 모습이면 얼마나 좋을까. 몇 년 후에도 상냥한 저 모습일까. 혹 버스 안내양처럼 추해지면 어떡하나.'

혼자 상상을 하며 쓸데없는 선입감이 나를 엉뚱한 곳으로 내

몰았다.

드디어 KTX는 길게 포효를 하며 달리기 시작했다. 화살처럼 빠르다는 말이 비교가 되었다. 마치 그네를 타고 클라이맥스까지 올라갔다 내려올 때의 기분이랄까, 짜릿했다. 그러면서도 승차감이 좋아 눈을 감고 있으면 달리는 것 같지도 않았다. 압력 밀폐 시스템의 도입으로 귀울림 현상의 제로화, 레일의 이음매가 없어 소음과 진동이 최소화되어 일반열차와 차원이 달랐다. 조용하고 편안한 여행을 할 수가 있었다.

기자가 고속 기차를 탄 소감 한 마디 하라며 마이크를 들이댄다. 당황한 나머지 손사래를 치자, 다른 좌석 손님과 인터뷰를 하고 있다.

버스 지나간 후 손 흔드는 격으로 후회가 되었다. 캐나다 교민이고 기념으로 첫날 첫차를 탔다고 간단히 말을 하면 될 것을, 너무 아쉬웠다. 자문자답으로 독백을 하는 꼬락서니하곤, 나 자신을 힐책하였다. 정확히 2시간 45분만에 부산역에 도착하였다.

호기심에서 KTX 한 번 타 보고 싶은 일념이었지만 마땅히 갈 곳을 정하고 온 것도 아니라 걱정을 했는데, 재수 좋은 사람은 엎어져도 코가 성하다고, 부산역 광장에서는 마침 전국 노래자랑을 하고 있었다.

송해의 "전국 노래자랑 시간입니다"로 시작하여 하춘화가 첫 번째 등장하여 간드러지게 노래를 하고, 간간이 인기가수들도 노래를 불렀다.

현철이 '봉숭아 연정' 으로 마지막을 장식하였다.

공연이 끝나고 현철이 차에 오르자 경찰이 좌우로 3명씩 현철을 경호하고 있었다. 이것을 본 송해가 능글치게 개그를 한다.

"노래자랑 사회를 수십 년이나 했어도 어느 하나 나를 경호한 적 없는데, 나는 이게 뭐고?"

자갈치 시장에서 회를 먹고 서울역에 도착하니 9시가 채 안 되었다. 식구들과 같이 왔으면 좋았을 것을, 뒤늦은 후회가 되었다.

나물 먹고 물 마시고

♣♣♣♣♣ 한동안 소란을 떨고 나서야 겨우 출발을 할 수가 있었다. 준비가 되었다 싶으면 수건을 빠트렸다고 들어가고, 슬리퍼를 빠트렸다고 교대로 드나들어 어수선하기가 벽촌 5일장이다.

철거반 돌격대장처럼 설치다 보니 벽두부터 맥이 빠지고 지쳐 버린다. 장소도 정하지 않고, 공휴일을 끼고 피서 한 번 갔다 온다는 것이 급히 서둘다 이런 법석을 떨게 되었던 것이다.

아들 내외가 아근바근 서로의 탓을 전가하며 '오사와' 쯤 왔을 때다. 시어머니가 며느리한테 확인하듯 묻는다.

"얘야? 불고기는 잘 재워졌고, 삼겹살은 상하지 않게 냉동은 잘해 놨겠지?"

"예, 어머니 걱정하지 마세요."

시어머니는 걱정이 되었던지 다시 한 번 다짐을 하는 것이었다. 며느리는 잘잘못의 원인을 떠나서 대답 하나는 시원시원하다. 그야말로 청산유수다.

"네, 어머니. 네, 아버님" 하고 사근사근하게 비위를 맞추는 바람에 야단을 칠래야 칠 수가 없다. 미리 예측하고 차단하는 임기응변술이 고단수라서, 슬기로운 재치에 밉지가 않고, 오히려 대견스럽기만 하다.

처음 시집 와서는 라면 하나 제대로 못 끓여 시어머니한테 가끔 야단을 맞았다.

그 후로는 컴퓨터에서 정보를 얻어 즉석에서 반찬을 만드는 바람에 시어머니가 야단칠 구실을 잃어 버려 오히려 시어머니가 주눅이 들게 하는 것이다. 편리한 문명이 한 편 섬찍하다.

갑자기 시어머니가 무릎을 탁 치며 며느리를 처다보며 좌불안석이다.

"아이고! 이 일을 어쩌면 좋으냐? 허둥대다 그만 틀니를 가져온다는 걸 깜빡했구나."

"예?"

아들 내외는 일시에 놀라며, 벌어진 입을 다물지 못하고 어머니를 바라본다. 여태껏 남편과 티격태격거렸던 일은 여기에 비하면 빙산의 일각이다. 큰애의 작은 눈이 금세 상큼 올라간다. 여기까지 온 시간이 아깝기도 했지만, 이럴 경우 되돌아가기란 선뜻 내키지가 않는 것이다. 더욱이 '오사와' 까지 왔으니 말이다.

입 없으면 잇몸으로 산다고, 한사코 그냥 가자는 어머니의 말을 듣는 둥 마는 둥 아들 내외는 심드렁한 의견이 분분하다. 더욱이 부모를 위하여 가는 건데 한 끼도 아니고 어떻게 2박 3일을 이 없이 음식을 먹을 수가 있단 말이냐고, 큰애의 언성이 한 옥타브 올라갔다. 실은 애들한테 짐만 될 것 같아 내키지는 않았으나, 천둥벌거숭이 같은 손자들이 둘씩 되니 아이들 치닥거리라도 하려고 따라 나섰던 것이 오히려 짐만 된 꼴이 된 것이다.

이쯤 되면 가부장의 알량한 권위가 버럭 소리부터 질러대는 것이 전례였는데, 모처럼만에 가는 여행이라 할아버지는 꾹 참는 것이다.

아니 오늘만큼은 측은한 생각이 든다. 다른 물건도 아니고 틀니라는 개념은 한 집안을 버텨온 녹슨 계급장의 증표라고 생각하니, 할아버지도 일말의 책임감이 있기 때문이다.

아들 내외가 마음을 고쳐 먹고 집으로 방향을 잡은 것은 몇 번 더 갈등의 절차를 겪은 후였다.

많은 시간을 허비하고 목적지인 프레스킬 공원(presquile park)에 도달했다. 낭패가 또 우리를 기다리고 있었다. 피서철이라서 민박집이 없다는 것이다. 짧은 시간에 우리 생각만 한 당연한 결과였다. 수소문은 허사였다. 다행히 아들 내외들이 전에 마련한 천막이 있어 그 식구들은 거기서 자고 우리는 차 안에서 잘 수가 있었다.

다행이라고 한숨 놓지만, 왠지 쫓겨난 기분이 든다. 옛날 대가족 시대가 떠오른다. 자식들이 장성하여 장가를 들고 세간을 내버리면 모든 경제권이 장손한테로 넘어간다.

그 뒤부터 노부부는 사랑방으로 퇴출되어 쓸쓸한 황혼기에 접어든다. 조금은 서운한 마음에 엉뚱한 곳으로 생각이 들다가도 이것도 다 문명의 혜택인데 웬 투정이냐고 자문하며 이내 행복한 쪽으로 마음을 돌린다.

나물 먹고 물 마시고 차 안에 누워 창밖을 바라보니 하늘에는 별들이 보석처럼 깔려 있다.

노부부 살림살이가 이 정도면 과분한데 여기서 더 무엇을 바라겠는가? 욕심이지…….

단오축제를 보고

♣♣♣♣♣ 민족 고유의 행사인 제17회 단오제가 성황리에 이루어졌다. 2일 간에 걸쳐 치러진 행사에 많은 인파가 모였고, 이따금 보이던 외국인들도 삼삼오오 대열에 끼어들어 환호의 박수를 치는 데 인색하지 않았다. 하늘조차도 검푸른 6월을 치장하며 시샘하듯 단오제의 흥을 한껏 북돋아 주었다.

첫째 날은 따사로운 햇살이 온몸을 애무했고, 둘째 날은 적당히 흐린 날씨에 간간이 이슬비를 뿌려 더욱 싱그러움을 발산하였다.

늘 칭찬해도 지루하지가 않은 어린이들의 다채로운 국악 향연은 어느 행사에 참석해도 단연 꽃이다. 언제 보아도 신명이 나고 앙증맞은 어린이들의 부채춤은 단오제의 힘을 더욱 가했다. 찬사와 칭찬이 끝이 없지만 짧은 지면이 아쉽다. 어린이들의 재능도 재능이지만 어린 학생들을 키우신 한글학교 선생님들의 노고가 눈물겹도록 고맙다.

태권도는 우리 조상들의 자랑스러운 전통문화 유산이고 스포츠이다. 우리의 얼과 혼이 가슴 속 깊이 배어 있는 유구한 역사다. 세계의 곳곳에 전수되어 국위를 선양하고 있어 태권도를 모르는 나라가 없다. 수천 년의 역사기록을 지닌 '택견'은 분명 한국 전통 무도이면서 외교관인 것이다.

마냥 칭찬만 할 수는 없다. 칭찬 뒤에는 반드시 비판이 따라야 하고, 비평을 하는 과정에서 어느 행사든 향상이 되는 것이다. 윷놀이, 장기, 제기차기, 널뛰기는 우리 고유의 민속놀이다. 이런 고유의 놀이가 어느 구석에서 행해졌는지, 몇몇 목소리 큰 노인을 제외하고는 아무도 모른다.

씨름과 노래자랑은 단오제에서 빠지면 안 되는 독보적인 존재다. 우리나라 고유의 문화유산인 만큼 소중하게 지켜야 한다. 너무 실력에 의존하여 유학생 위주로 행사를 치른다면 단오제의 본 뜻을 상실하게 된다. 아마추어의 순수성을 지키면서 진행하여야 할 것이다.

다음 노래자랑을 할 때는 노인층과 젊은 층을 분류하여 진행하는 것도 한 번쯤 생각해 봄직하다.

여성 심사위원의 열창은 미간을 찌푸리게 한다. 본인은 매력이라 생각할지 모르나 보는 이로 하여금 가라오케에서 괴성을 지르는 것같아 듣기가 거북하였다. 심사위원들의 심사자격도 성숙해야겠다.

씨름을 지적 안 할 수가 없다. 위치가 변경되어 관중들이 구경을 하느라 우왕좌왕하는 모습이 부산스러웠다. 모래를 언덕 같이 쌓아 놓고 매달려서 하는 씨름이니 실력이 제대로 나오겠는가. 이미 링 안에서 전의를 상실하여 링 밖으로 쓰러진 것을 링을 벗어났다고 무효처리하는 것은 아무래도 납득이 안 간다. 전문가가 아니더라도 약간의 씨름에 조예가 있는 분이라면 느껴질 것이다.

작지만 천하장사다. 등은 못 태워 줄망정 최소한 무동이라도 태웠어야 했다. 혼자 어정어정 걸어 내려오는 것이 수영장으로 들어가는 것같아 보기가 딱하였다.

고유의 명절에 막걸리 한 잔 정도는 걸치고 홍청거리는 모습도 우리네 정서다. 장승같이 뻗치고 서 있는 캐나다 경찰이 오늘 따라 더 미워진다.

제언을 한다. 국제 올림픽이 아닌 한 지붕 대가족이다. 2일이 결코 짧은 기간이 아니다. 다음 번에는 일괄적으로 한 곳에서 질서정연하게 행사를 치러야겠다. 관중들도 편할 것이고 시간상으로도 많은 도움이 될 것이다.

수고하신 분들께 두루 감사 드린다.

대추나무의 전설

✦✦✦✦✦ 각인된 기억은 때에 따라 병이 된다. 6.25 전쟁이 그렇다. 어디를 가도 인민군 세상인데 죽어도 집에서 죽자고 어머니는 서둘러 짐을 꾸리셨다.

1.4 후퇴(겨울전쟁) 때 오산까지 피란을 갔다가 15일만에 되돌아오며 하시던 어머님의 말씀이시다. 길 위의 군데 군데 피를 흘리고 뒹구는 시체들이 신기하여 들여다보다 어머니한테 야단을 맞곤 하였다

6.25 때는(여름전쟁) 허둥대다 피난 갈 기회를 놓쳤다. 면서기로 있던 큰 형님을 '남한산성' (속칭) 호랑이 굴 속에 숨겨놓고, 인민군의 눈을 피하며 밥을 나르느라 식구들은 지옥 같은 생활을 하였다.

국군이 서울을 탈환하고 나서야 지긋지긋한 생활은 끝났지만, 그것도 잠시뿐! 인해전술로 밀고 내려오는 중공군을 피해

이번엔 서둘러 피난길에 올랐던 것이다.

그 무렵 풍문에는 하얀 옷을 입고 큰집 추녀 밑에 서 있으면 안전하다고 했다. 미군들이 빨갱이를 색출하느라 퍼뜨린 감언이설이었다.

피난민들은 순진했다. 그것을 믿고 이행하다 미군의 무차별 기총소사로 많은 사상자를 냈던 것이다.

새우젓 독만한 폭탄이 초가집을 덮치는 순간 초가집은 불덩이로 변했다. 그 속에서 구사일생으로 빠져 나온 어린 아이의 울음 소리는 처절했다.

저 안에 우리 어머니, 우리 아버지가 있다고 발을 동동 구르며 울부짖던 어린이의 모습이 지금도 생생하다.

15일 만에 돌아온 집에는 인민군과 중공군이 득실거렸다. 생활을 하다 보니 자연히 그들과 친해졌다. 아침이면 꿩 사냥을 해서 같이 구워 먹기도 했다. 엄청 지저분하다. 구둣발로 성큼성큼 집안을 돌아다니기도 하고 가래침을 컥컥 뱉어 벽에다 쓱쓱 문지르기도 했다. 심지어는 옷에 붙은 이를 잡아 피를 빨아 먹기도 했다.

다행스러운 것은 인민군이나 중공군은 절대로 군·경·관료들을 제외하곤 민간인들은 해치지 않았다. 모택동 중화정부의 지침을 중공군 사령관 팽덕회는 철저히 하달명령을 내렸기 때문이다. 위반할 시는 가차 없이 처형시켰다. 공산군의 엄격한 군법은 연합군을 앞섰다.

유엔군들은 그렇지를 못했다. 우방이라면 최소한 소양교육

정도는 가르치고 파견했어야 했다.

6.25에 실제 있었던 이야기다.

칠흑 같은 야밤에 느닷없이 나타난 2명의 미군은 여인 혼자 자는 방에 침입한다. 병사 하나는 총부리를 들이대고 있고, 한 병사는 야수가 되어 있었다.

몇 분 후 병사와 임무교대를 한다. 교대로 여인을 유린한 미군들은 뭐라고 키득거리며 어둠 속으로 사라진다.

여인은 수모와 수치심을 이기지 못하고 대추나무에 목을 매달아 죽고 만다. 음영이 짙은 나뭇가지에 매어 달린 여인의 시체는 소름이 끼칠 정도로 오싹하다.

남편에게 전해질 붉은 유서는 오롯이 바람결에 나부껴 차라리 여인의 저주였다.

그 후 원통하게 죽은 여인의 원귀는 비가 오는 날이면 동리 어귀에 나타나 '꺼이꺼이' 구슬프게 운다고 마을에서는 옛 이야기로 전설같이 내려오고 있다.

얼마 후 목발을 짚고 돌아온 남편은 몸부림을 친다. 자신의 불구도 감내하기가 버거운데 부인까지 죽어간 마당에 아무런 희망이 없다. 결국 그는 거리의 파락호가 되어 주위의 손가락질을 받으며 죽어 갔다.

누가 이들을 이렇게 만들었는가? 누가 이들의 죽음을 책임질 것인가? '대를 위해 소가 희생하였다' 고 이들에게 말하는 것은 잔인하다. 이데올로기에 희생된 억울한 죽음들이 지금도 신음하고 있다.

　동족상잔의 전쟁 때문에 무고한 백성을 수백만이나 죽음으로 몰고 간 김일성 괴뢰도당은 추호도 용서가 안 된다.

　돌이켜보면 이것 역시 일본 치하 36년의 통치 후유증이다. 우리가 목숨 걸고 싸울 때 강 건너 불구경하듯 부를 챙기던 그들이었다.

　지금도 미국을 꼬드겨 싸움을 할 궁리만 하고 있지 않은가. 언제까지 보수니, 진보니 하며 날을 세울 것인가. 우리 주변의 열강들은 하나같이 믿을 수 없다. 오로지 우리 민족이 합쳐야만 통일의 길이 열리는 것이다.

망년회의 각설이판

◆◆◆◆◆ 현란하게 돌아가는 영롱한 전등 아래 낡은 엠프 음향은 자지러지게 고막을 쑤셔댄다. 문창호지 사이로 들어오는 바람소리도 음악과 '코러스' 가 되며 더욱 재겹게 들린다. 지하실 구석에서 풍기는 퀘퀘한 냄새는 콧속을 사정없이 간질인다. 한국 노래방 분위기에 한참 못 미치지만, 그런 분위기에 젖어 고국의 향수와 애환을 달래는 것이 초기 이민자들의 낙이었다.

우리는 정기적으로 한 달에 한 번씩 모인다. 4~5명은 언제나 한결같이 모인다. 그 외에 몇 사람들이 오다 안 오다 하여 관심밖의 분들이다.

벌써부터 마담은 요염한 차림으로 우리들을 기다리고 있다. 잠시 사무적인 인사가 끝나자마자, 마담을 사이에 두고 얕은 음담패설이 이어진다.

그런 속에서도 우리들은 무슨 잘못이나 저지른 것처럼 멋쩍어 하며 천연덕스럽게 허허댄다.

어느새 마담은 마이크 장치하느라 정신이 없다. 한쪽 치마를 사뿐히 감아쥐고 땡강 땡강 '히프'를 흔들며 걷는 자태는 조선시대 기생을 닮은 듯 요염하다.

마담의 눈은 연신 김형 쪽으로 흐른다. 김형은 노래도 잘 부르지만 넓은 도량과 호협함, 무엇 하나 버릴 게 없는 남자다운 기품을 지닌 호걸이다. 술값보다 팁이 더 많아 늘 좌중을 압도하여 주위에 이목을 집중시키는 것이다. 풍류를 아는 술집 분위기에 걸맞는 최고의 멋쟁이다.

어느 아가씨가 마다하겠는가. 이런 장부에게 진작부터 마담의 마음은 계산되어 있으리라…….

속주머니에 묻어둔 돈을 헤어보고 계산하는 나의 옹색한 마음과는 비교가 안 된다. 이런 멋쟁이도 집에서는 화살을 맞는다. 가정을 벗어난 데 따른 헤프다는 씁쓸이다.

그러나 아무렴 어떠하랴. 인생무상 공수래에 공수건데, 젊어서 벌어놓은 돈 좀 쓰기로서니 재산이 축나는 것도 아니고 김형의 장부다움을 존경해 마지않는다.

또 한 분의 김 선생, 그의 별명은 백구두 신사다. 「고향이 좋아」를 멋들어지게 부르는데 김상진이 울고 갈 정도로 썩 잘 부른다. 폼 역시 일품이다. 맹견이 한쪽 다리를 들고 실례를 하는 형국이다. 웃음을 참지 못해 화장실에서 쿡쿡거린다.

바짓가랑이가 젖는 것도 모르고 나오니 마담 왈, "어머 정 사장님 고개 숙인 남자네요?"

장내는 박장대소로 떠나간다.

“이러지들 마쇼. 이래 뵈도 집에서는 변강쇠로 통한다오.”

나는 어색함을 참느라 몽롱한 속에서도 영감처럼 흐흐대었다.

두꺼비 파리 잡듯 술만 삼키는 나에게도 노래 차례가 왔다. 이 순간은 차라리 고문이다. 불러봐야 여우에게 속아 입에 물었던 생선토막이 떨어지는 줄도 모르고 나뭇가지에서 처량하게 까옥거리는 까마귀 소리만도 못한 노래를 죽자 사자 듣겠다고 아우성들이다.

안 부를 재간이 있는가? 작심하고 옛날에 부르던 ‘팝송’을 되는 대로 불렀다. 아는지 모르는지 눈들을 꿈벅거리다 이내 박수 소리가 요란하다. 원래 청중이란 미련해 한 사람이 치면 잘난 사람이나 못난 사람이나 영문도 모르고 무의식적으로 따라 치게 마련이다. 개선장군이 된 기분으로 어깨와 목을 위 아래로 주억거려 본다.

분위기가 고조되고 있을 때 문이 빠끔히 열리며 비릿한 소녀가 조심스럽게 주위를 살피며 들어온다. 마담이 턱으로 장소를 가리킨다.

배시시 웃으며 상기된 표정으로 내 옆에 앉는다. 술이 확 깼다. 직감적으로 유학생이었다. 술좌석에서의 잔소리는 주정에 불과하다. 조용히 학생을 복도로 끌고 나왔다. 20불짜리를 쥐어주며, 이런 좌석엔 안 나왔으면 좋겠다. 아니 이런 데는 절대로 와서는 안 된다고, 가늘게 노기를 띠고 핀잔을 주었다. 학생은 입술을 삐죽이 내밀며 좌우로 돌리더니 총총히 복도 아래로 사라지고 있었다.

'어디서 무엇을 할 건지…….'

나의 선입견은 엉뚱한 곳에서 헤매며, 졸지에 죄인이 된 기분이었다.

김형의 「베사메무초」로 망년회 각설이판은 대단원의 막이 내린다. 동시에 마담의 손가락 키스와 '빠이빠이' 소리가 조용한 밤 정적을 울린다.

'이 얼이 나간 양반들아! 그 돈으로 쌀 사고 갈비 사면, 식구들하고 보름동안 넉넉히 먹고 살 텐데……. 쯧쯧…….'

마담의 혀 차는 소리를 혼자 상상하며 집으로 달린다.

'얼른 가자, 자볼기 맞을라.'

무속인이 설치던 시절

❖❖❖❖❖ 일제 36년의 질곡에서 벗어난 국토는 처참하였다. 설상가상, 6.25 동란은 국민들을 기아에서 허덕이게 하여 피죽도 먹기 힘든 세상으로 만들었다. 미국의 원조 없이는 하루도 지탱할 수 없었다.

요즘 뉴스에는 아프리카 어린이가 자주 보인다. 먹지 못해 영양실조가 걸려 배꼽이 배보다 더 튀어 나왔다. 우리들 어렸을 적 모습을 그대로 빼닮았다.

전염병도 극심했다. 폐병, 학질, 장질부사, 이질, 호열자 등은 약 한 번 쓰지도 못하고 많은 사람들이 죽어 나갔다. 이런 병들을 통틀어서 속칭 염병이라고 했다.

폐병은 지금으로 말하면 암병 같은 존재였다. 요즘 같으면 병도 아니지만 의술이 약했던 그때는 이 병에 걸리면 살아나질 못하였다.

　더욱이 전염이 되기 때문에 부모 형제를 제외하곤 그 집에는 아무도 근접을 안 했다.

　미군이 진주하면서 '페니실린' 이라는 새로운 약이 보급되어 폐병은 거의 퇴치되었지만 많은 상처를 안겨준 흉악한 병이었다.

　폐병에 걸리면 별의별 민간요법이 동원되었지만 신통치가 않았다. 구렁이가 좋다는 바람에 구렁이를 잡으러 온 산을 헤집고 다니기도 했다.

　날이 궂거나 후텁지근한 날이면 오래 된 느티나무에는 어김없이 한두 마리는 들어 있다가 희생이 된다. 수도 없이 많은 뱀을 먹고도 살아난 사람은 없었다.

　죽음을 앞에 둔 환자의 삶에 대한 애착은 처절하다. 최후에는 끔찍한 방법이 동원된다.

　오래된 고총을 파내어 해골(사람의 뼈)을 볶아 가루를 내어 먹기도 했다. 뼈 볶는 느릿한 냄새는 온 누리에 풍긴다. 기억하고 싶지 않은 추억은 더 잔인하다. 고총 같으면 별 문제가 없는데, 혹 가족이 있는 무덤이 파 헤쳐져 시신을 잃은 가족들의 의심을 피할 수가 없다.

　심증은 있어도 증거가 없어 지금까지도 '미스터리' 로 남아 있다. 그렇게 해서도 고쳤다는 사람은 보질 못했다.

　학질이라는 병 역시 지독하긴 마찬가지였다. 온몸이 오싹거리며 사시나무 떨 듯한다. 그러다가도 하룻밤만 자고 나면 언제 그랬냐는 듯이 감쪽같이 나아진다.

하루 걸러 한 번씩 발작을 하는데 여름이 다 가야 지긋지긋한 병도 끝이 났다

위생관련이 없었던 시절이어서 회충이 항문으로 기어 나오기도 하였다.

회충약(산토닌)을 먹고 대변을 보면 회충이 서너 마리씩 틀림없이 배설물에 묻어 나온다.

장질부사(장티푸스)가 만연하여 보건소에서 나와 일년에 1~2번 정도 주사를 주었다. 주사바늘이 이불 꿰매는 바늘만하여 어린 학생들에게는 공포의 대상이었다.

예방주사가 무서워서 학교 울타리 밖으로 도망을 다니다 선생님한테 붙잡혀 혼난 적도 많았다. 이 주사를 맞으면 퉁퉁 부어 일주일 정도는 고생을 해야 했다.

이렇게 의술이 허술하여 우상(샤머니즘)을 숭배하는 무속인들이 설치게 된 것이다.

물론 오래 전부터 흘러 내려 왔지만 6.25 직후에 꽤나 흥행하였다.

가을걷이를 끝내고 음력 10월 상달쯤 되면 조상굿을 한다. 그때부터 부잣집 마당은 마을의 축제 분위기로 들뜬다. 집집마다 고사떡을 나누어 먹고 굿들을 하는 것이다.

대감놀이가 절정에 오르면 무당은 신대를 휘두르며 주인을 사정없이 다뤘다.

주인은 큰 죄나 진 것처럼 굽실거린다. 치마를 걷어 올려 속곳 주머니에서 구렁이알처럼 품어두었던 돈을 꺼내 놓는다. 그

런 때는 그 돈이 하나도 아깝지가 않았다.

돈을 본 무당은 더욱 신이 나서 '얼쑤 절쑤' 하며 춤을 추어 댄다. 특별히 오락거리가 없던 농촌에서는 매우 흥미 있는 구경거리가 아닐 수 없었다.

작두에 올라가서 춤을 추는 굿도 있었다. 지금 생각하면 일종의 마술인데, 매우 흥미가 있는 구경거리였다.

어머니도 굿을 좋아했지만 형들이 배척하는 바람에 마음은 있어도 무당을 불러서 물어보는 일은 없었다. 그래서 무당들이 우리 집을 보는 눈이 곱지가 않았다.

셋째 형이 늘 배앓이로 고생을 하던 어느 해였다.

어머니가 무당을 불러 푸닥거리(키를 엎어 놓고 놋젓가락으로 딱딱 긁으면서 주문을 하는 것)를 하다가 밖에서 돌아오는 큰 형한테 들켰다. 큰 형은 쌀과 물을 소반째 들어 팽개쳐 버렸다.

무당은 사시나무 떨 듯하며 "원통해서 어떡 하나 조상이 노하셨구나" 하고 얼굴이 빨갛게 상기돼서 푸념을 한다.

형은 "내 조상 내가 모시니까 걱정 말라"고 호통을 치는 바람에 무당은 꽁지가 빠지게 도망을 간다.

울 안엔 오래 된 늙은 밤나무가 한 그루 있었다. 증조 할아버지가 심으신 밤나무라는데, 정확히는 알 수 없으나 이백여 년은 훨씬 넘은 것 같았다.

늘 그늘이 지고 우중충해서 벌레들이 들끓고 구렁이가 기어 다녔다.

밤이면 썩은 부위에서 광채가 나기도 하였다. 할머니는 그것이 신령님이 현몽한 거라고 굳게 믿으셨다. 손이 있는 날이면 떡을 차려 놓고 지극 정성으로 치성을 드렸다.

할머니는 신앙의 애착을 밤나무에 의지하셨던 것이다.

그런 밤나무를 손자들이 밧줄로 묶어서 쓰러뜨리려 하자 할머니가 극구 말리시는 것이었다.

할머니하고 형이 심하게 다투시는 것을 처음 보았다.

결국 밤나무는 쓰러지고 말았다. 할머니는 큰일 날 거라고 말씀하셨지만 오히려 밤나무가 없어진 후 집안은 더욱 깨끗해졌다. 들끓던 해충들이 말끔히 없어졌다.

모든 이치는 마음먹기에 달린 것이다.

토론토 박물관을 둘러보고

❖❖❖❖❖ '한국 박물관 개관 100주년 기념 특별전' 이 남산에 있는 '중앙박물관' 기획 전시실에서 열린다고 한다. 여민동락與民同樂으로 순종황제가 1909년 11월 1일 창경궁에 제실 박물관을 만들어 백성들에게 소장품을 공개하면서 백성과 더불어 즐겼다는 곳이다. 1세기를 맞이한 뜻이 있는 행사인 만큼 그동안 비치되어 있던 문화재 유물들이 다채롭게 전시된다고 한다.

이번에 전시될 「몽유도원도夢遊桃源圖」는 안평대군이 꿈에서 본 이야기를 안견이 듣고 1453년에 그린 작품인데, 1597년 정유재란 때 일본으로 유출돼 여러 사람의 손을 거쳐 오다 현재 '덴리대' 라는 자가 소장하고 있다고 한다.

「청자상감포도동자문동채주자青磁象嵌葡萄瞳子文銅採珠子」와 「은제금동주전자」 역시 미국 박물관에서 수백년 동안 외롭게 위리안치圍離安置 되었다가 100주년 기념식에 전시되는 것이다. 이런 국보급 문화유산이 해외에서 외롭게 떠돌고 있다. 잠시 모습을 드러낸다고 한다. 반가운 반면 기가 찰 노릇이다.

기사를 보고 착잡한 마음에서 토론토 박물관을 둘러 보았다. 현지답사 때 건성으로 보아 '혹여! 토론토 박물관에도 우리의 국보인 문화재가 소장되어 있지 않나' 하는 한 가닥 기대를 걸면서, 단순 구경의 목적이 아니라 누구나 느낄 수 있는 작은 애국심의 발로였다.

멀쩡한 내 나라 유물을 구걸하듯 빌려와 겨우 9일 동안 전시하다 되돌려 보낸다는 것이다. 문화재 관계자들의 무능함을 다시금 곱씹으며 밉지만 일본이나 중국의 대외적 외교가 부럽다.

껄끄러운 상념들을 떨치며 서둘러 표를 끊었다. 몇 년 전 박물관을 새로 이전할 때 일이다. 엄청난 철골들이 차도車道를 덮쳐 있었다. 기이한 모습에 호기심도 나서 차에서 내려 보았다. 언뜻 보아 그렇게 보인 것이지, 누구에게나 비쳐지는 착시현상이었다. 인도人道까지는 침범을 하여 한국 같으면 일조권 시비로 번질 만도 하다.

흉측한 몰골의 거대한 철근 덩어리는 마치 만화에 나오는 어느 별들의 전쟁에서 폐허가 된 문명을 보는 것 같았다. 별 희한한 건축양식도 있다고 생각이 들었지만, 건물이 완성된 뒤에 본 그 모습은 너무도 웅장하고 황홀하다. 건축 설계자들의 시각적 예술성을 이해 못하고 잠시나마 선입견을 가졌던 것이 부끄럽다. 전면은 유리로 치장되어 있어 석양의 빛이 반사될 때마다 경이로운 운치는 감탄사가 절로 나게 한다.

아쉬운 점은 빌딩 숲에 끼여 본연의 참 모습을 희석시킨 것
이 흠이다. 호젓한 산 속이나 아니면 넓은 평원에 자리를 잡았
다면 더없이 자연미와 극치를 이루었을 텐데, 건축 문외한인
내가 보아도 구색이 맞지 않아 화려한 조명을 무색하게 했다.

경내로 들어섰다. 외형의 예술적인 오만함에 비해 내형의 살
림살이는 실망이 컸다. 천장이고 벽면이고, 온통 곰, 사슴, 호
랑이, 사자, 물고기들로 치장되어 있다. 수도 없는 곤충들로 진
열되어 있어, 박물관이 아닌 곤충채집을 하는 기분이었다. 또
한 주위가 산만해 눈요기에 불과하여 수족관 아니면 동식물 박
제장을 연상케 했다.

박물관은 그 나라의 역사를 상징하는 얼굴이다. 선조들의 고
풍스런 유물들이 고루 갖추어져야 한다. 그럼으로 해서 그 면
모의 진가가 빛나는데 전혀 박물관 모습과는 동떨어져 캐나다
도 어쩔 수 없이 계산적 흥행에만 치중한 것이 엿보인다.

역사가 짧은 탓이라고 변명하는 외에는 달리 할 말이 없다.
그것은 이민국에 산다는 최소한의 나의 배려였고 가식적이 아
닌 인색한 두둔이다. 그나마 다행인 것은 거대한 공룡의 화석
이 전면에 걸려 있는 것이 위안이었다.

2층으로 올라섰다. 중국의 유물들, 이태리 전통 가옥 바이킹,
해적들이 전쟁시 사용하던 투구들이 눈부시게 흥분을 시켰다.
2층에서도 캐나다의 유품은 별로였다. 개척 당시 가지고 온 엘
리자베스 1~2세의 전통 유물 몇 점을 진열한 것이 전부였다.
1층에서 혹시나 하던 기대가 실망으로 다가왔다. 주도권을 빼

앗긴, 주객이 전도된 분위기다.

우뚝 솟아 있는 통나무로 만든 인디언 조각 앞에 섰다. 실소가 나왔다. 얼마나 문화가 없으면 무력으로 침탈하여 빼앗은 유물을 상징적으로 내세웠을까! 앵글족(Angles)의 잔인성을 그들 스스로가 인정을 한 꼴이다.

에반젤린과 카브리엘의 애절한 사랑 이야기가 떠오른다.

결혼식을 막 끝내고 퇴장하는 청춘 남녀에게 느닷없이 영국군이 침범한다. 뿔뿔이 헤어진 그들은 만남 하나에 삶의 전부를 투자한다.

물어물어 찾아간 곳에선 며칠 전에 떠났다 하고, 간발의 차이로 한 사람은 차 앞문으로 타고 한 사람은 뒷문으로 내리는 아슬아슬한 순간들을 놓치고, 뒤늦게 만난 자리는 백발이 성성한 어느 죽음의 병상이었다.

‘에반젤린의 기도’ 는 지금도 가슴을 저리게 한다.

“하나님 감사합니다. 저희 부부를 잊지 않고 이제라도 만나게 하여 주시니 너무나도 감사합니다.”

한 마디 기도를 끝으로 사내는 아내의 손을 꼬옥 잡고 죽어갔다. 내가 에반젤린이었다면 이렇게 기도하였을 것이다.

“하나님 너무하셨습니다. 그 허구한 젊은 날을 다 비켜가게 하고, 하필이면 이런 자리에서 만나게 해 주십니까. 너무 원망스럽습니다.”

인디언 조각 앞에서 섰노라니, 그 옛날 서부영화를 보던 생각이 떠오른다.

푸른 들판을 종횡무진 누비는 인디언들의 말발굽 소리가 들린다. 아파치족들의 음산한 북소리가 들려와 서늘한 기분이 든다. 최후에 인디언 추장이 쓰러지면 통쾌하게 박수를 친다. 캐나다에 와서 뒤늦게 후회를 하였다.

선조가 같은 동양인이라고 은근히 친근감을 보이려는 그들을 보면 더욱 미안한 감정이다.

2층 일부는 거의 중국의 유물들로 꽉 채워져 있었다. 석상, 동상, 유기그릇, 구리로 가공한 값비싼 유물들로 적나라하게 진열되어 있어 중국의 찬란했던 역사가 한눈에 들어온다.

거기에 비해 우리의 유물은 초라하기 이를데 없다. 중국의 그늘에 가려 명맥만 유지하고 있는 유물 아닌 전시품을 보며 서글픈 민족의 비애를 느꼈다. 무언가가 있지 않을까 하는 기대는 허기에만 그치고 말았다.

생각 같아서는 남산에 있는 중앙박물관을 통째로 옮기고 싶은 심정이었다. 스치는 중국인들의 도도한 모습에 자연 고개가 떨어졌다. 정치, 경제, 사회에서 이들은 문화유산이 있고 난 다음이다.

영사관 직원들과 한인회 관계자들의 한 번쯤 탐방을 바라고, 고국의 문화재 관계자들과 조인하는 것도 바람직한 일이다.

반갑지 않은 친구

♣♣♣♣♣ 체질적으로 알레르기가 심하다. 봄 가을로 심하고 여름 겨울은 그런대로 보내지만 일년 내내 알러지가 끊이질 않는다. 1월달부터 눈이 뻐끔거리다 삼사월이 되면 최상의 극성이다. 콧물, 눈물, 재채기에 갖은 주접을 다 떨어야 그나마 시원하다. 병원에 가 체크를 하면 마흔 몇 가지 종류의 알레르기성이 강낭콩처럼 튀어나온다. 동물성, 식물성, 광물성 어느 하나 빠지지 않고 체내에 잠복되어 괴롭히는 것이다.

잠잘 때가 제일 고통스럽다. 깊은 잠에 빠지면 자연 입이 다 물어져 숨이 막힌다. 흔히 말하는 무호흡증이 되어 버린다. 그럴 때면 볼펜의 내용물을 빼고 입에 물어야만 잠을 잘 수가 있다. 이민 생활이 중년으로 접어들었는데도 도무지 이 친구는 떠날 줄 모르고 요지부동이다.

일반적 상식으로는 동물, 식물, 광물성의 미세 물질들이 공

기 속에 섞여 있다가 인체를 침입하여 생기는 것이 알레르기라
고 한다. 거기에 적응 못하는 나의 체질은 선천적으로 유난스
럽다. 고국에 나가게 되면 알래스카 상공을 벗어나 날짜 변경
선을 넘었다 하면 코가 서서히 풀리다 인천공항에 떨어지기가
무섭게 언제 그랬느냐는 식으로 말끔해진다.

그때부터 한국생활은 기쁨에 충만한다. 반대로 다시 캐나다
로 돌아오는 날은 이 친구 기다렸다는 듯이 종전대로 콧물에
재치기에 몸서리칠 정도로 괴롭힌다.

전문가는 아니지만 나름대로 생각해 보았다. 캐나다는 한반
도의 45배나 되는 내륙국가다. 호수가 있다지만 바다와는 별개
문제이기 때문에 알러지와는 전혀 관계가 없다. 때문에 광활한
영토에 세찬 강풍이 몰아쳐도 공기 속에 섞인 알러지 성분은
물에 기름 뜨듯 뱅뱅 돌며 장구한 세월을 제자리에서 오락가락
한다. 창공은 늘 푸르고 청명하다. 그러나 그것은 육안으로만
보일 뿐이지 실질적 내용은 한국보다 더 오염됐다고 본다.

해마다 몰려오는 난민들의 무질서도 문제다. 분별없이 버려
지는 쓰레기, 노상방뇨는 캐나다 환경에 치명적이다. 공해가
없다고 자랑하면 그것은 아전인수격이다. 캐나다는 이제 시작
단계다. 초기에 환경에 신경을 쓰지 않으면 걷잡을 수 없는데
혼란이 온다는 것은 자명한 일이다.

반대로 한국은 연중행사처럼 태풍이 불어 봄부터 여름내내
오염됐던 공기가 깨끗하게 정화된다. 동해바다에서 일어난 건
조한 동풍바람은 강원도 산악지대를 통과하면서 산천초목과

각종 농작물에 습기를 빨아 마시며 서해바다로 사라진다. 동시에 대지에 함유되어 있던 알러지 성분이 동풍 따라 소멸된다. 농작물에는 많은 피해를 주지만, 알레르기와는 무관한 것이다.

국민인식도 향상돼 담배꽁초나 휴지를 아무데나 버리지 않는다. 만약 버렸다 하면 주위의 따가운 눈총을 받을 뿐만 아니라 벌금제도가 생겨 휴지조각 하나 아무데나 못 버린다. 내가 이민 올 무렵에는 한국의 공기가 탁했던 것은 사실이다. 그때는 집집마다 연탄을 피웠기 때문에 이산화탄소 작용으로 공해가 심했다.

그 후 가전제품과 석유화학, 보일러의 발달로 연탄이 사라져 갔고, 철저한 매연 단속으로 공기가 맑아져 캐나다 환경만 칭찬할 때가 아니다. 물론 산업공해로 도심의 상공은 늘 희뿌옇다. 그러나 그것들은 알레르기와는 무관한 것이다. 경험자의 말은 초기의 거부 반응은 괴롭고 짜증은 나지만, 인체에 침입하는 것을 차단하기 때문에 오히려 몸에는 득이 될 수도 있다는 말에 공감이 되어 마음이 편해진다.

버르장머리 없는 일본 각료들

✦✦✦✦✦ 사람은 영장류 최고의 고등동물이다. 지능이 높아 기계 연장을 만들어 사용하고, 문화를 창조해 사유하며, 언어소통의 능력을 지녔다. 지능이 높아 상황 변화에 따라 상대방을 심리적으로 자극시키고 쾌감을 느낀다.

거짓말을 하고도 자기 거짓말에 도취되어 상대방 인격을 아무렇게 무시해 버리는 것이다. 이런 생각이 보편적으로 습관이 되다 보면 자신도 모르는 사이에 무신경 무감각이 되어 과대망상적 고질병이 된다.

일본 각료들의 미친 병이 또 발작을 하였다. 잊을 만하면 한마디씩 하는 그들에게는 밑져야 본전일 테지만, 당하는 입장에서는 죽이고 싶도록 속이 끓는다.

이명박 대통령이 일본을 방문해 그동안 쌓였던 한일관계가 원만히 해결되어 한동안은 잠잠할 것 같아 안심이 되었는데,

대통령이 귀국하기가 무섭게 기다리기나 하였듯이 독도가 저희 땅이라고 생떼를 쓰는 일본 관료들의 오만함이 극에 달한다.

'임진왜란'을 안 떠올릴 수가 없다. '도요토미 히데요시'는 1580년대 후반에 이르러 대륙을 정벌한다는 미명 아래 조선에게 명나라를 칠 테니 길을 내어달라는 엉뚱한 요구를 하였다. 그리고는 염탐꾼을 보내 조선의 지리를 세세히 파악하고 있었다.

'히데요시'의 무례한 망언에 분개한 조정은 '일언지하'에 거절하였다. 그 후 조선이나 중국 상인들로부터 일본이 조선을 침략할 거라는 소문이 간간이 전해져 왔다.

급기야 조정에서는 일본의 형세도 살필 겸 통신사(서인 황윤길, 동인 김성일) 두 사람을 파견하여 '히데요시'의 내심을 살피고 돌아왔다.

그들이 가져온 국서는 상반된다. 황윤길 보고서에는 장차 '히데요시'가 조선을 칠 것이 확실하니 군비확장에 만반의 준비를 할 것을 촉구하였다.

반대로, 김성일의 보고서에는 '히데요시'는 전혀 보잘것 없는 인물이니 걱정할 것 없다고 하였다.

똑 같은 눈으로 보았는데, 어떻게 이렇게 보는 시각 차이가 났을까? 두 말할 나위 없이 당파싸움이 원인이라 하겠다. 동인의 득세로 서인 황윤길의 보고서는 빛이 바랬고, 동인 김성일의 보고서가 힘을 얻었다고 보인다.

당시의 사색당파, 회오리는 동인, 서인, 남인, 북인으로 갈라지다 노론, 소론이 생겨나고 대북, 소북이라는 오합치졸들까지 가세하며 역사상 최고조의 당파싸움이 극치를 달리던 시기였다

이와 같은 파벌 싸움은 결국 1592년(선조 25년) 4월 임진왜란을 당하게 된 것이다. '히데요시'의 20만 대군은 파죽지세로 조선천지를 유린하며, 7년의 세월을 암흑세계로 만들었다. 풍전등화의 위기에 처한 조정은 급기야 명나라에 원군을 청하지만 이는 떼 몰아내기 위해 곰을 불러들인 꼴이 되고 말았다. 1597년에 이른바 정유재란이 발발하고 조선천지는 참혹하게 유린당했다. 결국 '히데요시'가 1598년 사망하자 철수명령이 내려지면서 전쟁은 끝나게 되었다.

독도에 대해서 일본은 얍삽했다. 반대로 대한민국은 무능했다. 일본이 독도를 자기네 땅이라고 세계로 홍보할 때 우리는 나무 그늘에서 코만 골며 의붓자식 취급을 하였다.

뒤늦게 효도를 할 자식이라는 것을 알고, 정신 차릴 때는 이미 해는 서산을 넘어가고 있었다. 호미로 막을 것을 가래로 막게 된 꼴이다.

일본 문부성文部省의 치밀한 교육정책으로 일본 학생 60%가 독도를 자기네 땅으로 믿고 있다. 이것은 제2의 임진왜란이 소리 없이 다가오고 있다는 증거다.

일본이 독도 문제에 애착을 갖고 집요하게 물고 늘어지는 것은 두 가지 측면에서 보아야 한다.

첫째는 일본 제국주의자들은 한반도를 36년간 통치하였다는 정서적 향수를 못 버리는 것이다.

둘째는 지진으로 인한 지역상 불안함 때문에도 대륙진출 몽상에서 깨어나지 못하는 것이다. 임진왜란 때와 같은 수법을 쓰고 있는 것이다.

왜구들은 바다 건너서 호시탐탐 우리의 허점만 노리고 있다. 같은 민족끼리 으르렁거리는 우리를 보고 그들은 기쁨의 키질을 해댄다.

멀쩡한 남의 땅을 자기네 땅이라고 트집을 잡는 그들의 행위가 의도적 발상이라는 것을 우리는 간과해서는 안 된다. 북으로 돌려댄 총부리를 일본으로 돌려 만반의 준비를 해야 될 것이다.

2부

별은 흐르는데

♣♣♣♣♣ 오랜만에 보는 밤하늘이다. 추억의 잔재들이 눈 속을 파고 들어 눈물이 나도록 시리다.

'별 하나, 나 하나, 별 둘, 나 둘, 별 셋, 나 셋……'

'날 저무는 하늘에 별이 삼형제……'

'깊어가는 가을밤에 낯설은 타향은……'

누나와 멍석을 깔아놓고 보리 가래기와 풀로 모깃불을 피우며 밤하늘의 별을 세며 부르던 동요들이 가슴 속으로 잔잔하게 스며든다.

붉게 물든 노을이 서녁 하늘로 살짝 모습을 감출 때면, 적막한 소쩍새 울음은 산천을 더욱 그윽하게 만든다. 반딧불이도 구색을 맞추며 머리 위를 날아다닌다. 구혼의 빛을 한껏 뿜어대는 것이다.

북두칠성이 북쪽 끝자락에 매달려 가물거리면 절정을 이루던 별들의 향연도 차츰 힘을 잃어간다.

추임새로 장단을 맞추던 모깃불도 매콤한 연기를 뿜으며 서서히 사그라진다.

유성이 꼬리를 길게 흘리며 저쪽 어느 별로 사라지고 있다.

"저 별은 어디로 갔지?"

"죽는 거야."

"죽는 게 뭔데?"

"이 바보야. 죽는 것도 몰라. 죽는 게 죽는 거지."

누나도 죽음에 대해서는 설명을 못하고 윽박지르는 것으로 순간을 넘긴다.

이렇게 별똥별이 생을 마감하는 슬픈 사연도 동심의 심장을 둥당거리게 했던 아픈 추억들이다. 누이와 난 북두칠성이 국자 같이 생겼다 하여 국자가 빨리 기울어져야 새벽이 온다고 졸음을 떠받치며 경쟁하듯 날밤을 새우던 알싸한 추억들이 아른거린다.

프레스 퀼 공원(Pres Quile Park)에서 2~3일 캠프는 아스라이 잊혔던 어린 시절을 반추하는 행운을 얻었다. 원시림 속에 밤하늘은 금강석을 깔아 놓은 듯 황홀하다. 별을 음미하며 밤을 꼬박 새운 피서지의 아침은 죽은 듯이 고요하다.

이따금 불어오는 미풍은 장대같이 쭉 뻗어 올라간 나무들을 속절없이 건드려댄다. 그 사이로 요사스런 구름은 바람을 부추겨 숲속을 더욱 혼란스럽게 만든다.

오갈이 든 자작나무는 벌겋게 술에 취한 듯 주위의 나무들을 툭툭 건드리며 시비를 건다. 호수에서 불어오는 강풍마저도 자작나무와 어울리며 숲속을 일대 광란의 소용돌이로 몰고 간다. 그러다가 힘이 부치면 조용해지다 또 다시 심통이 나면, 나무들을 선동하여 하루 종일 분탕질을 시킨다.

고목나무 한 그루가 삭정이 투성이인 몸뚱이에 앙상한 이파리 몇 개만 팔랑거리며 구차한 생을 연명하고 있다. 살며시 고목나무에 기대 보았다. 냉기가 흐른다. 난 어느덧 고목나무와 동병상련同病相憐이 되어 있었다.

아들 내외와 손자들이 부모의 마음을 아는지 모르는지 그리 멀지 않은 호수에서 푸덕이는 소리만 한가롭게 들려온다.

집사람 손을 잡고 "당신 밖에 없소." 한 마디 하고 싶지만, 평생을 놀부 마누라 밥주걱같이 휘둘러 온 가부장의 권위가 허락이 되질 않았다.

오늘 따라 할멈이 측은해 보인다. 거기에는 자식들에 대한 섭섭함이 짙게 배어 있는 것이었다. 별로 잘못한 것도 없는 자식들한테 섭섭한 마음을 갖는 것은 웬 심통이란 말인가. 나이가 먹으면 어린 아이가 된다고 하듯이 우리도 그것을 닮은 것 같아 얼른 마음을 고쳐 먹었다.

물소리가 찰랑거리는 호반은 귓가가 간지럽다. 동물의 과보호로 발짝발짝 오리떼들의 오물이 밟혀 몸이 옴찔거린다. 팔뚝만한 메기가 물결에 밀려와 파득거리고 있다. 얼마나 시간을 보냈는지 맥이 빠져 기진한 모습이다.

갑자기 피서지에서 흥청거리는 고국의 낭만이 그리워진다.

대식가들 1~2명이 시식할 수 있는 충분한 분량이다. 메기를
물 속으로 밀어 넣어 주었다.

허연 배는 하늘을 향해 보였다가 다시 엎어지는 것이 생사가
불분명하여 살 수 있는 확률이 반반이라고 나 스스로 진단을
내렸다.

"고기야, 고기야. 대궐 같은 집은 말고 보물 같은 글 하나 주
지 않으련?"

소재의 빈곤을 고기에 의존하듯 주문을 하고 메기를 놓아 주
면서 계면쩍어 속으로 피식거렸다.

참새의 수난

❖❖❖❖❖ 소쩍새 울음은 봄을 알리는 기상나팔이다. 소쩍소쩍 울어대면 긴 봄밤의 고적함이 배어난다. 봄의 진통이 시작된다는 삼라만상의 대자연이 움트는 소리다.

이 때쯤이면 꽁꽁 묶었던 겨울의 잔재들이 계곡 사이로 졸졸거린다. 버들강아지들도 보송보송 피어나 솜털을 날린다. 잠포록한 아지랑이도 금잔디 위로 물결을 치며 속살로 파고들어 옷깃을 여미게 한다. 봄바람은 어느 순간 칼바람으로 변하기도 하고 때때론 훈풍이 되기도 하며, 긴긴 봄날을 보내느라 을씨년스럽기도 하다.

음력 3월 춘분이 끝나야 만개한 봄의 향연도 서서히 막을 내리는 것이다.

4월 달로 접어든다. 나뭇잎들이 새순에서 연녹색으로 변할 때 야생동물들의 애정행각이 시작된다. 산 꿩이 알을 순산했다고 홰를 친다. 반사된 메아리는 산천을 술렁거린다.

송홧가루 냄새가 온 누리에 흩날리면, 산토끼 새끼들이 둥지를 떠난다. 이때부터 극성스러운 참새들도 알을 낳아 새끼를 까느라 초가집이 몸살을 앓는다. 그 때는 초여름 문턱에 들어서는 시기다.

참새들이 눈밭에 뿌려진 먹이를 쪼아 먹는 걸 보면서 계절감각에 아둔한 난 문득 한국의 농촌이 떠올랐다.

달리는 차창 밖 풍경은 10미터 거리도 분별할 수 없다. 함박눈이 광야의 무법자처럼 퍼붓고 있었다. 그 속에서도 새들이 스스럼없이 먹이를 쪼아 먹고 있다. 캐나다는 동물 보호국가로 널리 알려져 있다. 환경단체의 동물들에 대한 애착은 과연 가족 사랑과 버금간다. 자상하고 각별하여서 아무 데서고 풍요롭게 먹이를 먹을 수 있게 환경을 조성해 준다.

그뿐이 아니다. 생명을 지니고 있는 동물들은 가족같이 보듬어 준다. 월동준비에도 만전을 기하여 동물들의 지상낙원을 만들어 놓는 것이 이 나라의 자랑거리다.

한국의 참새들은 늘 의식적으로 주위를 살피며 먹이를 쪼아 먹는다. 귀를 쫑긋하고 포르륵 날았다가 또 다시 내려앉아 먹이를 먹는다. 귀엽게 보이지만 새들에게 있어서는 생사가 걸려 있는 모험이다. 언제 인간들에 의해 죽음을 당할지 모르기 때문이다.

갑자기 한국의 참새들이 불쌍해진다. 가을 한철은 농부들과 죽기 살기로 싸움이 시작된다. 황금벌로 일렁일 때는 참새들이 벌판에 흐드러지게 깔려 있는 수수나 벼즙을 빨아 먹어 미처 영글지도 않은 날곡들이 쭉정이가 되어 버린다.

여름내 비지땀을 흘려 지어 놓은 결실을 하루 아침에 망쳐 놓았으니 농부들은 참새들에 대한 분노는 하늘을 찌른다. 농부들은 온갖 지혜를 짜내 참새를 잡아보지만 여태껏 참새를 이겨 본 적이 없다.

수수와 수숫대에 줄을 연결하여 깡통을 달고 잡아당기는 방법도 취해 보지만 잠시뿐 소용없는 일이다. 수문장인 허수아비의 위용도 무용지물이다. 오히려 그 위에 앉아서 봉산탈춤을 추고 있다. 끝내는 공기총이 등장하고 그물이 등장하지만 기하급수적으로 늘어난 참새를 잡기란 역부족이다. 오히려 참새들이 인간의 어리석음을 비웃는 것이다.

겨울이 되면 반대로 참새들이 수난을 당한다. 가을 내내 인간들에게 주었던 피해를, 되로 주고 말로 받는 것이다. 참새를 잡는 방법은 여러 가지다. 눈이 내리면 참새들이 먹이를 찾아 헛간 모퉁이고 아무 데고 휘집어 놓는다.

그럴 땐 볍씨를 뿌려놓고 맷방석에 작대기를 받쳐 놓고 한동안 기다린다. 얼마 후 새들이 날아와서 벼알을 쪼아 먹는다. 이때 연결하였던 새끼줄을 잽싸게 잡아당긴다. 운 좋으면 2~3마리는 잡을 수가 있다.

추운 겨울에는 새들이 향나무 아니면 초가지붕에서 잔다. 향나무에서 자는 참새를 잡으려면 한쪽에서는 그물을 대고, 한쪽

에서는 막대기로 쑤시면 놀란 새들이 날아가다가 그물에 걸려
잡힌다. 초가집에 자는 참새를 잡을 때는 집집마다 돌아다니며
초가지붕을 쑤시며 참새를 잡는다.

무서운 할아버지한테 혼나는 일도 종종 일어났다. 6.25가 끝
나고 미군들이 가지고 온 플래시(덴치)의 등장으로 원시적 참
새사냥은 사라졌지만 잊지 못할 추억이다.

이렇게 잡힌 참새들은 추운 겨울날 어린이들에게 화롯가의
맛있는 포식거리가 된다. 못 먹던 시절의 참새고기는 그 무엇
과도 바꿀 수 없게 맛있었다.

자연의 섭리는 공평치가 못하다. 왜 쌀을 주식으로 하는 고
약한 나라에서 태어나 수난을 당하는가? 인간들과 적대관계가
없는 캐나다 참새들을 보면서 한국에 있는 참새들도 살기 좋은
캐나다로 이민시키는 방법은 없을까? 하고 부질없는 생각을
해 본다.

사랑의 광신곡

❖❖❖❖❖ 붉게 물들어가는 북쪽의 하늘을 바라본다. 반세기를 그렇게 바라보았다. 목놓아 소리도 쳐보았다. 돌아오는 건 허공을 떠도는 메아리뿐이다. 철조망을 기웃대던 바람마저도 깊은 신음을 하며 남북으로 갈라진다. 그것은 처절한 민족의 울부짖음이었다.

나는 임진강을 끼고 서부전선에서 군대 생활을 하였다. 지금의 통일전망대 자리다. 날씨가 화창한 날이면 멀리 개성 송악산이 희미하게 보일 정도로 북한과 대치하고 있었다. 그 사이로 남과 북의 비방방송은 끊임없이 이어진다.

"미군 간나 새끼들은 하루 속히 물러가라! 남조선 인민들은 궐기하여 우리의 숙원인 통일을 이루자"고 연일 떠들어댄다. 굴절된 소리에 짜증조차 잊은 지 오래다.

32사단 98연대는 간첩이 나타나거나 국가의 비상시(데모)에는 지체 없이 출동하는 전투부대다. 일정한 장소가 없는 유목민 같은 군대였다. 늘 비상체제로 대기하고 있어서 삼일 주기로 받는 군장검열은 그야말로 죽음의 사선이다.

‘군장검열에 지친 몸’ 이라고 쓴 소원수리는, 군대생활 내내 유행어가 되어 ‘정 병장’ 하면 군장검열에 지친 몸으로 더 알려졌었다.

경북 울진에 나타난 간첩 작전은 32사단이 소탕하는 데 혁혁한 공을 세운 큰 사건이었다. 제대 특명을 받고 밥그릇만 따지는데 느닷없이 나타난 김신조의 존재 또한 제대할 때까지 우리를 괴롭혔다. 자기 성질을 주체 못하고 벽에다 머리를 짓이기고 피를 흘리는 동료도 더러 있었다.

요즘도 아련히 잊혀져 가는 군대생활의 흔적들을 들춰내 향수를 달래곤 한다. 나이는 들었어도 그 시절의 추억들을 잊지 못하는 것 같다. 군 생활을 한 사람들은 공통된 거짓말이 있다. 훈련 한 번 안 받고 보초 한 번 안 섰다고 새빨간 거짓말을 넉살스럽게 하면서도 자기 기분에 도취된다.

원산말뚝, 한강철교는 훈련 받을 때 받는 기본 기합이다. 어떻게 기합을 안 받고 군대 생활을 할 수 있는가?

논산 훈련소 때 일이다. 불침번들이 페치카 불을 꺼트렸다. 야밤에 모포를 둘러쓴 내무반장의 웅크린 모습은 신병들에게는 저승사자로 보였다. 곡괭이 자루를 거머쥔 내무반장의 표정은 사뭇 비장감마저 돈다. 국방의 의무를 태만히 했다면서 첫번째 불침번은 1대, 2번째 불침번은 2대, 순서대로 빳다를 쳤다. 난 운 없게도 마지막 당번이라 8대를 맞았다. 솜털도 안 벗은 신병에게 국방의 의무까지 들춰가며 때리는 선임하사에게 슬며시 부아가 나 공평치 못함을 따졌다가, 쪼그려 뛰기까지 덤으로 하였다. 졸병 때의 객기였다

대북방송은 여군 하사 2명이 담당하였다. 군대식으로 복장은 단정하였다. 별로 예쁘지도 않고 섹시하게 보이려고 하지도 않는 보통 여자들에 불과하였다. 이따금 그녀들이 지나가면 사병들은 농담의 대상을 만들어 낄낄댄다. 그녀들이 못 듣고 넘어가면 다행이지만 들키는 날엔 남자들의 알량한 '남존여비' 우월정신에 가차 없이 조인트를 깐다.

"여자라 우습게 보이나? 군대는 계급이란 말이다. 새까만 일등병이 하사한테 까불어?"

기어이 농담한 사병에게 항복을 받고 만다.

그래도 여자는 여자다. 젊은 병사들은 그들의 뒷모습만 보아도 젊음의 발산을 자제하기가 힘들었던 것 같았다. 이사종계를 보던 심 병장은 제대 말년이었다. 이 친구 뱃심 하나는 뚝심이었다. 여군들의 내복도 이사종계인 심 병장이 담당하였다.

어느 날 고경숙 하사가 막사로 들어왔다. 얼굴빛을 보아 예사롭지가 않았다. 느닷없이 심 병장 쪽으로 다가가 조인트를 까는 것이었다.

"심 병장! 그 정도 밖에 안 되는 사람이었어? 여기가 사회 어느 집 안방인 줄 알아?"

우리는 영문을 몰랐다. 그녀의 행위에 양쪽 얼굴을 오가며

사위四圍 분위기에 어리둥절하여야만 했다. 뱃심 좋은 심 병장이 당하는 것을 보곤 사태가 심상치 않은 예감이 들었지만 졸병이 감히 고참들의 일을 물어볼 수가 없었다. 아니 심 병장의 태도로 보아 말할 성격이 아닌 것 같아 모두들 체념하고 말았다.

그날 이후로 궁금증은 우리들 기억에서 점점 멀어져 갔다. 사건이 터진 얼마 후 우리들은 만기가 되어 건제순으로 제대를 했다.

그러던 어느 날 사회생활하느라 정신이 없을 때 심 병장으로부터 사회를 보아달라는 청첩장이 날아왔다. 청첩장을 보는 순간 난 너무 놀랐다. 신부가 고경숙 하사였던 것이다.

결혼식을 끝내고 신혼여행을 떠나려는 그들에게 축하를 하며, 군대시절에 심 병장이 고 하사에게 당했던 일이 궁금했다.

"심 병장! 그때 고 하사에게 그렇게까지 혼이 나더니 결혼까지 한 이유가 어데 있는가?"

둘이는 얼굴이 빨개졌다. 고경숙 하사가 먼저 입을 열었다.

"그때 심 병장이 나한테 간접사주단지를 준 걸 몰라요?"

난 이해가 안가 심 병장을 쳐다보았다. 심 병장이 머쓱하게 웃는다.

"내가 고 하사 속옷에 도장을 찍지 않았나! 오형제 흔적 말이다."

"뭐라고! 맙소사? 정말 사랑의 광신자들이네……."

삼정승의 교훈

♣♣♣♣♣ 우리 역사상 황희 정승만큼 영특한 분도 드물다. 고려 말서부터 조선 초까지 명상名相으로 이름을 떨쳤고, 호는 방촌厖村이다.

황희 정승이 퇴궐하여 집에 오니 하녀들이 아귀다툼 싸움을 하고 있었다. 그중 황희 정승을 먼저 본 한 하녀가 쪼르르 달려와 고한다.

"대감나리, 이러 이러한 사정으로 해서 저는 너무 억울합니다."

황희 정승이 "허! 그러냐? 네 말이 옳구나."

그러자 또 다른 하녀가 "대감나리, 그런 것이 아니옵고 이러저러 해서 제가 더 억울하옵니다."

"허! 그러냐? 네 말도 옳구나."

옆에서 듣고 있던 부인이 "아니, 대감, 이 애 말도 옳다. 저

애 말도 옳다. 도대체 누구 말이 옳은 거예요?”하며 정색을 하자, 황희 정승은 “당신 말도 옳소” 하고 껄껄 웃어 버렸다는 유명한 일화다.

한 나라의 재상이 시시콜콜하게 아녀자들 싸움이나 판관하겠는가. 당시 위정자들의 당파 싸움을 돌려서 꼬집은 것 같다.

맹사성은 황희 정승과 연륜은 다르나 동시대를 풍미한 명재상이었다. 호는 고불古佛이고 고향은 단양이다. 이 어른은 고향에 갈 때는 늘 소를 타고 통소를 불며 산천경개를 유유자적하며 낙향하였다고 한다.

맹 정승이 나이가 들어 공직을 버리고, 향리에 내려와 낚시질로 소일할 때의 일이다.

저쪽, 한양에서 내려온 금부도사가 “여! 늙은이 나를 건네 주시오.”

서슬 퍼렇게 고함을 쳐대는 것이었다.

맹 정승은 말없이 바지를 걷어 올리고 금부도사를 등에 없고 힘에 부친 듯 지척지척 물을 건너 왔다.

“늙은이! 이곳 맹 정승 댁이 어딘지 아시오?”

금부도사가 묻자, “내가 바로 맹사성올시다?” 하자 기겁을 한 금부도사는 얼굴이 사색이 되어 땅에 코를 박고 사죄를 한다.

“허! 이 양반 체통 없이 왜! 이러시오? 어서 일어나시오.”

금부도사는, “진작 대감이라고 말씀을 하셨으면 이런 무례를

범하지는 않았을 것을……."

맹 정승 왈, "내가 맹사성이란 걸 알았으면 당신이 내게 업혔겠소? 보아하니 급한 용무가 있어 내려온 것 같은데 얼른 용무나 보고 가시오."

소인배 같았으면 금부도사를 괘씸죄로 즉시 목을 날렸을 것이다. 요즘 감투를 쓰면 장비 장팔사모 휘두르듯 권력이나 남용하는 정치인들에게 좋은 경종이다.

법은 만인에게 평등하다는 것을 덕목과 도량으로 백성을 살폈다는 맹 정승의 낙천성이 보인다.

윤관은 고려 예종 6년(1111년)에 사망할 때까지 명신名臣이며 장군, 시호는 문숙文肅이다. 17만 대군을 이끌고 동북계에 있는 여진을 정벌하고 9개 성을 함락한 문무겸전文武兼全한 장군이다.

윤관은 강직한 성격에 청렴결백하였다. 비가 와 집에 물이 새자 우산을 쓰고 아랫목에 앉아, "허! 이런 날 우산 없는 백성은 얼마나 고달플까? 얼마나 고달플까" 하며 탄식을 하였다고 한다.

그가 죽고 난 후 곳간에는 임금이 내린 하사품과 곡식이 고스란히 남아 있었다. 요즘 세태에 융통성 없는 궁색이고 주변머리 없는 쪽으로 치부하겠지만 이것이 진정 관리들이 본받아야 할 귀감이 아닐까? 횡설수설해 본다.

서생원이여 용서하라

❖❖❖❖❖ 새해 벽두부터 서생원을 살해할 일이 생겼으니 참담한 심정이다. 공교롭게도 올해가 '무자년' 쥐해가 아닌가? 빨래통에서 쥐 두 마리가 허우적거리고 있었다. 얼마나 오래 갇혀 있었는지 거의 실신 상태다.

추운 날씨에 서로 부둥켜 안고 달달 떨고 있는 모습이 부부 쥐임에는 틀림없다. 툭 건드리니 기진한 상태에서도 필사적으로 탈출구를 찾으려고 용을 쓰지만 빨래통을 뛰어 넘기엔 어림없는 본능적 몸부림이다.

그 중 밑으로 머리를 쑤셔 박고 있는 놈이 남편 쥐같아, 쥐의 세계에도 '남존여비'의 가부장제도가 있나 착각이 들었지만, 이내 내 생각이 빗나갔다는 것을 알 수가 있었다.

빨래통을 건드릴 때마다 남편 쥐는 아내 쥐를 경호하느라 핏발이 서 있었다. 찍찍거리는 소리도 최후의 발악같지만 자세히 들어 보면 쥐 세계에서만 통하는 추상 같은 호령같기도 하여 쥐들 부부도 인간 세계와 별반 다르지 않다는 느낌을 받았다.

포수도 사냥을 할 때는 짐승이 도망갈 곳을 남겨둔다고 했다. '진퇴유곡'에 빠져 있는 쥐를 처치하자니 난감하다. 하필이면 이런 저주 받을 일이 내게 생겼을까? 신에게 투정을 하여 본다. 쥐들이 인간에게 피해 준 것을 생각하면 부처님 가운데 토막이라 하여도 추호도 용서가 안 되어, 죽일려고 망설이는데 아들이 그냥 굶어 죽게 내버려두라는 것이다.

자신은 죽일 자신이 없으니까 아버지가 알아서 처리하라는 무언의 암시이기도 하였다.

궂은일은 아버지에게 전가시키는 아들의 행위에 심사가 뒤틀렸지만, 어차피 죽일 것을 생각하면 고생시키지 말고 단결에 죽이는 것이 쥐의 신상에도 좋을 것같아 모질게 마음먹고 몽둥이를 들었다.

그 아비의 그 아들이라고 했던가? 쥐 한 마리 죽이지 못하는 것도 어찌 그리 똑 같은지 애비를 닮은 아들이 못마땅하지만, 세태에 물들지 않은 아들에게 잔인한 짐을 지울 수가 없어 산전수전을 겪은 내가 총대를 메었는데 마치 망나니가 사형수 목에다 막걸리를 뿌려가며 큰 칼을 댔다 떼었다 하며 춤을 덩실덩실 추어대는 모습이 떠올라 도저히 용기가 나질 않았다.

닭 한 마리를 잡아도 동네방네로 도움을 청하러 다녀야 했고, 그것도 여의치 않을 때엔 절구통 밑바닥에다 머리를 쑤셔 박아 놓고는 몸서리를 치며 삼십육계 도망오던 어린 시절도 있었다. 나뿐만 아니라 위의 형들도 마찬가지라, 닭을 잡으려면 온 동네가 시끄러워진다.

살상하는 데 기꺼이 응해 줄 사람이 있는가? 도살 값 한 마리를 더 추가해야 닭을 잡을 수가 있었으니 "우리 집 남정네들 꼬락서니 하곤" 형수들의 혀 차는 소리는 지금까지도 자존심으로 자리매김하고 있는데, 언감생심 쥐 잡을 생각을 했으니 나도 어지간히 세월에 무르익은 것 같다.

찢어지게 가난했던 사돈의 팔촌 얘기다. 층층시하 식솔들이 단칸방에서 이불을 끌어당기며 잠을 자다, 천장에 매달아논 메주를 쥐들이 물어 뜯어 떨어지는 바람에 아들의 머리가 깨져 야밤에 병원으로 뛰는 소란을 피웠다며 넋두리를 하는 푸념이 가관이다.

"쟁비(장비)의 아들놈의 새끼도 이런 상황에선 당할 재간이 있는감?"하면서 도움을 청했던 분이 생각난다. 쥐한테 피해를 본 사람들이 나뿐이겠는가만, 나는 유난스레 쥐하고 악연이 많은 것같다.

쇠푼도 안 되는 우리 집 얘기다. 일본 사람들이 버리고 간(적산) 정미소를 아버님이 헐값에 인수 받아 방앗간을 차렸다. 방앗간은 쥐들의 곡창지대이면서 함정이기도 하다. 백미기계에 쥐가 빠지면 쥐의 혼백이라도 빠져 나오질 못한다. 도리 없이 산적散炙이 되어 돌다가 쌀이 완성될 쯤이면, 쌀겨로 빠져 버려 쥐의 형체는 흔적도 없이 사라진다.

피치 못할 처지에 직면한 나의 변명은 궁색해진다. 쥐고기도 소고기로 생각하면 소고기가 되는 것이 아닌가? 생뚱맞게 불가의 소리를 인용하며 스스로 안위를 하지만, 늘 쌀 주인들에게는 미안한 마음이었다.

생각이 여기에 미치자 아무리 쥐의 해라도 용서할 생각이 들지 않는다. 더욱이 가게 안은 쥐들의 후진 양성으로 소굴이 될 것은 틀림없다. 용단을 내려 단두대에 올려놓고 교수형에 처했지만, 연초부터 살상을 했다는 죄의식이 머릿속에서 찜찜히 남아 도시 편치가 못하다. 이럴 때 내세울 수 있는 유일한 변명은 서생원이여! 용서하라, 만물의 영장이다.

기왕지사 쥐 이야기가 나왔으니 한 마디만 더 해야겠다. 쥐는 우리 주변에 혐오스러운 동물로 전해져 왔다. 산업화가 되면서 쥐의 행동반경이 줄어들었지만 농경사회 때는 쥐로 인해 농민들이 골머리를 앓았다. 농작물이 자라기도 전에 할퀴고 상처를 내어 곡식이 제대로 여물지를 못했다. 보릿고개는 더 궁핍한 생활을 제공한 것이 쥐다.

부지런하고 저축성이 강해 늘 창고가 넘쳐 나지만, 그것은 인간에게 힘 안 들이고 빼앗은 약탈이다. 쥐들 특유의 무풍지대의 독식행위를 한 것이다.

쥐에 대한 설화 한 마디를 하여야겠다.

옛날 이야기라면 사족을 못 쓰는 임금이 있었다. 어찌나 이야기를 좋아하는지 팔도에 방을 붙여 옛날 이야기를 잘 하는 백성이 있다면 사위를 삼겠다고 하였다. 반대로 짐朕이 흡족하지 못할 경우 곤장을 쳐서 내치겠다고 했다.

방을 보고 이야기 깨나 한다는 사람들이 구름처럼 몰려들었
다. 많은 사람들이 임금님을 대좌하고 이야기를 한다.

하루 이틀을 이야기한 사람은 고사하고 석달 열흘을 이야기
한 사람도 임금님을 만족시키지 못하고 곤장을 맞고 쫓겨났다.
사정이 이러하니 감히 누가 나서지를 못했다.

그때 거리를 떠돌던 백수가 이 소리를 듣고는, '에라! 이래
죽으나 저래 죽으나 굶어 죽기는 마찬가지다. 차라리 임금님과
이야기나 하고 죽으면 영광' 이라고 생각하고 대궐을 찾아간
다.

대궐 문지기가 행색을 보니 거지같아 쳐다보지도 않고 그 자
리에서 내치는 것이다. 백수는 대궐지기를 밀치고, 뛰어 들어
가 임금님 앞에 이야기를 구걸하니 임금님이 어이가 없어 허락
하고 만다.

이야기가 시작된다.

몇 년째 지속된 지독한 가뭄으로 백성들이 기근이 들어 풀뿌
리까지 캐먹을 정도였다. 나라 사정이 이러한데 하물며 쥐라도
먹을 게 있겠는가. 견디다 못한 쥐들이 중국 대륙으로 가기 위
해 압록강으로 모여들었다.

쥐들은 헤엄을 칠 수 없어 서로 꼬리를 물고 강을 건너고 있
었다. 얼마 못가 무게를 이기지 못하고, 꼬리가 끊기고 말았다.
꼬리가 끊겼으니 쥐들이 물로 빠지는 것은 당연한 일이다.

백수 왈, "쥐 한 마리가 물에 풍덩 빠졌습니다."

"오, 그러냐?"

임금님은 머리를 끄덕거린다.

조금 후 이번엔 “쥐 두 마리가 풍덩 빠졌습니다.”

“오, 또 빠졌느냐?”

“네 그러하옵니다.”

이야기는 계속된다.

화장실을 갔다 와서도 ‘풍덩’, 식사를 하고 나서도 ‘풍덩’, 자고 나서도 ‘풍덩’, 계속해서 ‘풍덩’ 거린다.

지루함을 느낀 임금님이 “언제까지 풍덩거릴 거냐!”고 묻자, “아직 멀었습니다.”

백수의 입에 연신 ‘풍덩’ 거린다.

“얘야 됐다. 이제 그만 풍덩거리거라.”

임금이 지쳐서 사위를 삼았다는 야담인데, 임금이 성군인 것 같다. 이야기의 뜻을 임금이 몰랐겠냐만 백수의 영특한 재치에 사위를 삼았을 거라는 생각이다.

압록강에 남은 쥐들은 지금도 풍덩, 풍덩, 풍덩…….

선화공주와 서동요

♣♣♣♣♣ 인위적인 국토 개발은 잃은 것도 많지만 더러는 얻어지는 것도 있다. 얼마 전 발굴된 정조대왕의 필지가 한동안 지상의 화젯거리였는데, 연이은 익산 미륵사지 석탑 심초석을 해체하는 과정에서 백제 무왕시대(639년) '사리장' 엄구가 발견되면서 사학계는 흥분의 도가니였다.

왜, 아니겠는가? 역사의 사료 하나가 새로웠던 시점에 사학계는 가뭄에 비를 만난 초목 같은 심정이었을 것이다. 투명하지 못한 역사의 한 가닥에 광명을 얻은 기분이었으리라.

이번 미륵사 심초석의 발굴 역시 정조대왕의 필지와 동일시하여, 다시금 『삼국사기』의 신뢰가 떨어진다는 증거가 여실히 드러났다.

그동안 우리는 '서동요와 선화공주'의 드라마를 보며 안방극장의 정신적 구심점이 되어 왔는데 뜻밖의 사리 발굴로 인해 기존의 틀이 송두리채 바뀌면서 시청자들의 실망도 그만큼 컸던 것이다.

몇 해 전 드라마에 나온 선화공주는 신라 26대 진평왕의 셋째 딸로 이름 난 미모의 여인이었다. 소문을 들은 백제의 서동書童, 훗날의 무왕武王이 연정을 품고 선화에 가까이 가려고, 두 사람이 남 몰래 밤에 만난다는 거짓 '서동요'를 지어 경주시내에 퍼뜨렸다. 이에 공주는 억울한 누명을 쓰고 유배되어 가다가 도중에 서동에게 구출되어 백제에 가서 서동의 부인이 된다.

서동(무왕)은 백제 30대 왕(재위 600~641년)이다. 신라와 고구려의 침공을 막기 위해 수隋나라에 조공을 바치며 여러 번 원병을 청했다. 수나라가 망하고 당唐나라가 일어나자 당에 사신을 보내 역시 조공을 바쳐 당 고조로부터 대방국왕 백제왕帶方國王 百濟王에 책봉되었다. 신라와 고구려 사이에 끼어 풍전등화가 되어가는 나라를 구하기 위한 사대주의 정신에 절박한 심정이었으리라(『삼국사기』, 『삼국유사』에서).

미륵사지 심초석의 사리장 발견으로 인해 사학자들 간에 학술적 논란이 첨예하다. 긍정적인 측의 주장은 이번 심초석 발굴로 명백한 내용이 보임에도 이를 부정하려는 반대파를 신랄하게 몰아붙이고 있다.

반면 기득권 측은 신라 선화공주를 여전히 선호하며 긍정하는 측을 반대로 반격하는 것이다. 족보처럼 지켜오던 선화공주가 이번 심초석의 발굴로 불시에 효력을 잃게 되자 버리고 싶지 않은 기득권 측의 심정은 이해가 가나 진실된 역사를 갈망하는 사학자로서 취할 자세가 아니다.

아리송했던 사실이 극명하게 드러났는데도 부정하려는 의도는 아쉬운 욕심이고, 또 다른 왜곡된 역사를 잉태시킬 뿐이다. 새로 단장될 역사에 협조하는 자세가 필요하다. 무조건적 반대는 진실한 역사를 왜곡할 수가 있기 때문에 심사숙고하여야겠다.

서동요와 선화공주는 여기서 드라마로써 매듭짓고 진실된 역사로 간직하여야 한다. 오랜 세월 뇌리에 자리매김한 것을 쉽게 잊을 수는 없겠지만, 서동요와 선화공주를 드라마로 계속 접목시킨다면 올바른 역사가 기록될 수 없다.

우리의 역사가 길을 잃고 갈팡질팡하는 것은 사학자들과 드라마 작가들의 탁상공론이 문제라 할 수 있다. 흥행에만 치중하다 보니 골격을 잃은 것이다.

이번 정조대왕 필지와 미륵사지 석탑 심초석 사리장 발견은 역사적으로 우리에게 경종을 울리는 대사건이다. 이것을 본보기로 가당치도 않은 허구로 시청자들을 우롱하고 현혹시키는 일은 없어야 하겠다. 따라서 국민들도 새로운 역사를 배워 역사 무지에서 벗어나야 한다.

일본과 중국은 우리의 역사를 잠식하지 못해 혈안이 되어 있는데 이대로 수수방관하면 후세에게 호미로 막을 걸 가래만 물려주는 부끄러운 조상이 될 것이다.

소망 기도원이여! 영원하라

♣♣♣♣♣ 몇년 전 기도원에서 부흥성회를 하였을 때의 일이다. 기도원이 하이웨이(highway) 7번 도로 변에 있다는 것만 기억하곤 우리는 곧바로 그 길로 달렸다.

40분을 가도 기도원은 좀체 모습을 나타내지 않아 초조해지기 시작하였다.

'혹! 지나쳐 오지 않았나' 하는 의구심으로 오던 길을 되짚어 목적지를 찾았지만 엉뚱한 곳에서 헤매었다.

캄캄한 야경인 데다 사위四圍는 괴괴하여 점점 불안하였다. 화등잔 같은 헤드라이트도 칠흑 같은 야밤에는 속수무책으로 반딧불처럼 초라하였다.

전설의 고향이 떠올라 섬짓했다. 두려운 마음은 결국 찾기를 포기하고 돌아오고 말았다.

도대체 거기가 어디쯤이길래 그토록 찾기가 힘이 들었나 궁금하게 생각해 오던 터에 마침 목장연합예배를 기도원에서 치르게 되었다. 목장연합예배는 하기夏期 때만 한 번 치르는 정기적인 소망교회의 연례행사다.

잘 되었다 싶어 확인도 할 겸 빨리 갈 수 있는 401번을 피하고, 먼저와 같이 하이웨이 7번 도로를 택했다.

연록색 이파리들이 검푸른 녹황색으로 변해 초여름을 장식하는 싱그러운 계절인 7월 달이다.

하이웨이 7번 도로는 변두리라 그런지 주위경관이 그런대로 볼거리가 많았다. 얼마를 달렸을까, 그때에 헤매던 길이 아스라하게 떠올랐다.

'아하! 여기였구나?' 조금만 더 갔으면 부흥성회도 참석할 수도 있었고, 집사람이 지어준 '길치'라는 오명도 벗을 수가 있었는데 성급히 돌아온 것이 후회막급이다.

평소에도 길눈이 어두워 다니는 길밖에 모른다고, 집사람한테는 늘 어석송아지 같다는 수식어가 붙어 놀림의 대상이었다. 불명예를 떨쳐 버릴 수 있던 절호의 기회를 놓친 것이 못내 아쉬웠다.

"역시 길치는 구제할 방법이 없네요?"하며 놀림의 대상이 하나 더 추가됐다고 기쁨의 쾌재를 부르는 집사람이 오늘 따라 얄밉다. 물론 농담이고, 악의가 있어서가 아니라는 것을 알지만 꼭 그렇게 밖에 말을 못하는 집사람이 못마땅해 좁쌀 같은 자존심에 슬며시 부아가 났던 것이다.

집사람은 운전을 못하지만 길눈은 밝아 나를 곧잘 길치로 몰

아 부치고, 자신의 안계眼界를 나의 위에서 군림하러 드는 것이
다.

걸쩍지근한 기분은 기도원 들머리에 들어서고 나서야 풀어
지고, 안도의 숨을 쉴 수가 있었다. 먼저 온 성도님들은 이미
자리를 잡은 후였다.

수려한 아름드리 나무들이 바람에 일렁이고 갖가지 이름 모
를 새들이 '코러스' 를 하며 우리 일행을 반긴다. 알싸한 공기
가 폐부 깊숙이 파고든다. 예배를 마치고 각 목장에서 차려온
오밀조밀하고 풍성한 음식을 나누어 먹으며 칭찬을 주고 받으
니 마음부터 평화로워졌다.

여느 교회에서 찾아볼 수 없는 우리 교회만 지닐 수 있는 하
나님이 주신 특권이라고 해도 하나도 손색이 없다.

글쟁이의 습성이 충동질을 한다. 살며시 울창한 숲속을 비집
고 들어섰다. 조그마한 실개천이 음습한 속에서 희뿌옇게 눈
속으로 반사되어 온다.

물길 따라 조금 위로 거슬러 올라갔다. 후미진 곳에 각종 생
물들이 생존하고 있었다. 1급수 물에만 서식하는 무지개 고기,
가재, 잠자리, 개구리 등등 그 밖에 이름 모를 생명들이 무한히
공생하고 있었다.

태고의 원시림을 보는 것 같았다. 하나도 훼손이 안 된 원형
그대로의 모습이 보존되어 있었다. 하나님의 섭리가 아니고는
이런 낙원이 있을까 하는 신비스러움에 가느다란 탄성이 절로
나왔다. 열악한 환경에도 이런 천혜의 요새가 있다는 것은 하

나님이 소망교회만 주신, 복음 중의 복음이다.

호기심에 양말을 벗고 살며시 발을 물에 담갔다가 소스라쳐 얼른 발을 걷어 올렸다. 물이 시리다 못해 아릴 정도였다. 파리만한 모기가 손등에 앉아 넉살 좋게 피를 빤다. 하나님의 보혈을 생각해서 넉넉하게 먹으라고 내버려 두었다. 이런 경이로운 장소를 제공해 준 데 대한 보상이다.

조금 떨어진 곳에 기도원실이 있다. 울창한 숲속에 자연 그대로 지어진 금식 기도실은 정갈하여 여기에 오는 성도님들은 40일 금식기도만 하면 아무리 어려운 환자라도 완쾌되어 나간다고 한다.

천혜의 청정지역인데 무슨 병인들 못 고치겠는가?

그곳에서 반대방향으로 돌아서면 송곳같이 뻗은 송림들이 울창하다. 어느 것 하나 소망기도원의 자랑거리가 아니지만, 이 송림이야말로 박 장로님께서 생전에 목숨보다도 중히 여기던 것이다.

발작 발작 장로님의 숨결이 피부에 와 닿는다. 생전에 장로님의 모습이 애틋하다. 송림 사이로 송곳 같은 햇살이 어깨를 찌를 듯 누른다.

그 사이로 장로님 목소리가 들린다.

"정 집사 아니여? 왜! 이제 온 거여? 자주 좀 들르지 않고?"

음영陰影이 짙게 깔린 구름 사이로 박 장로님이 손을 저으며 구름 속 저쪽으로 사라지셨다. 한참을 장로님이 사라진 하늘을 멍하니 응시하고 있었다.

잠시 잠깐 몽환적 무아지경에 빠졌던 꿈이 일순 사라지니 허무하고 아쉬웠다.

송림 사이를 늠름히 걷다 보면 어느덧 군대시절 열병閱兵하는 착각에 빠져 사단장 같은 기분에 도취되어 있다. 보무도 당당하게 송림 사이를 벗어나오자 먹장구름이 금세라도 우박을 토해낼 듯이 덮쳐 온다.

축구를 비롯해 갖가지 준비했던 행사가 무산되고 보니 아쉬웠다. 젊음의 기량을 한껏 뽐내려던 학생들의 기대에 실망이 컸다. 성도님들과 작별의 인사도 제대로 못하고 서둘러 집에 왔다. 얄궂게 해가 반짝 빛났다.

"하나님! 내년에는 이런 심술 부리지 마세요?"

난 동심의 마음으로 기도를 했다.

손자 보는 날은 오라를 지는 날

♣♣♣♣♣ 연년생인 손자들을 하루도 거르지 않고 5년 동안 보았다면 할아버지 자격이 충분하다고 자부한다. 이런 할아버지 있으면 나와 보시라. 요즘 할아버지는 손자 보느라 허리가 휘어진다. 갓난아기 때는 칭얼대면 우유병을 물리고 기저귀나 갈아주면 그런대로 편했는데, 점점 성장해지면서 다루기가 힘에 부친다.

공원엘 가도 두 놈이 각기 다른 방향으로 뛰는 바람에 붙잡으러 다니느라 다리가 후들거리고 눈에서는 별이 흐른다.

사내 녀석들이라 장난감을 사주어도 며칠이 못가 두드려 부쉬 처참한 몰골로 만들어 버린다. TV에서 나오는 만화를 보다가도 싫증이 나면 자기들 보고 싶은 것만 보겠다고 생트집이다. 영어와 한국말을 동시에 배우니까 혼동이 되는 것 같다.

블록으로 여러 가지 형태의 모형을 제법 만든다. 그러다가도

의견이 안 맞으면 두 주먹을 불끈 쥐곤 상대를 노리고 씩씩대는 모습에 웃음이 절로 난다. 큰 녀석이 욕심이 많아 '네 것도 내 것, 내 것도 내 것' 하는 바람에 싸우는 것이다. 어쩌다 떨어지는 날엔 몸을 비비 틀며 심심해 하다가도 다시 만나면 이산가족 만난 듯 반가워 한다.

TV에서 보고 느끼는 것은 일체 할아버지가 표적이 된다. 권총 쏘는 것을 배워 가지곤, "하부지(아직 발음이 정확하지가 않아 할아버지를 하부지라고 부름), 하부지 어, 어, 죽어, 죽어!" 총을 머리에다 대고 빨리 죽으라는 것이다.

비실비실 죽는 시늉을 하면 실감이 안 나는지, "하부지 잘 죽어. 잘 죽어" 하며 또 총부리를 귀에다 대고 빵빵거린다.

저희들 딴에도 죽는 것이 시원치 않으니, 제대로 연기를 하라는 것이다. 그럴 때면 다릴 벌벌 떨고 양팔을 벌려 죽는 시늉을 하여야 한다.

총소리 나는 대로 죽자니 하루에도 30번은 더 죽을 수밖에 없다. 이런 혹독한 곤욕을 치러야 전쟁놀이는 끝이 난다.

쌍권총을 차고 할아버지 등에 두 놈이 올라 타 "끼랴" 하면 할아버지는 영락없는 카우보이 말이 되어 달려야 한다. 시원치 않게 달렸다간 네 발이 궁둥이를 사정없이 걷어찬다.

'놈들 두고 봐라. 자라면 존속 학대제로 고소할 거다.'

허탈하게 웃지만, 정말 무자식 상팔자란 말이 이럴 때 생긴 말 같다.

이렇게 시달리다 보면 조금은 편한 방법이 떠오른다. TV에 나오는 만화프로만 메모를 해두었다가 돌려주면, 눈빛들이 초롱초롱 빛나고 TV 속으로 빨려 들어간다. 그 시간만큼은 아늑한 포만감으로 잠긴다.

아이들이 무서워하는 사람은 아범밖에 없다. 아범은 늘 아이들한테는 왕따가 된다. 아범이 아이들을 너무 귀엽다고 하면 버릇이 없으니 좀! 엄하게 다루라고 한다.

우리 세대 때는 정작 내 자식들은 엉덩이 한 번 토닥거리지 못하고 키운 것이 후회가 된다. 자식들에게 베풀지 못했던 혈연血緣의 정을 손자들에게 채워 주고 싶다.

요즘 유행하는 '토마스와 친구' 라는 프로를 제일 좋아들 한다. 그래서 실제 기차를 보여주려고 근처에 있는 기차역으로 데리고 갔다.

캐나다 기차가 길다는 것은 굳이 말할 필요가 없다. 한 번 지나가면 5~10분은 걸린다. 어린 것들이라 추위와 더위는 관심 밖이다. 끝까지 보자는 데는 보통 인내 가지고는 견디기가 힘들다.

기관사도 우리를 알아보곤 손을 흔들어 준다. 우리는 어느덧 기관사와 마음에 정이 들어 있었다. 어쩌다 못 보는 날이면 허전해진다. 기관사도 같은 생각을 했으리라…….

기어이 사고가 터졌다. 철도 옆에는 나무들이 무성하였다. 싱그러운 이파리들만 골라 어릴 때 떡갈나무로 모자를 만들던 식으로 모자를 만들어 씌웠다.

그런데 하루 이틀이 지나면서 겨드랑이고 사타구니고 좁쌀

알처럼 빨갛게 부르텄다. 처음에는 땀띠라 생각했는데, 앞을 못 볼 정도로 눈이 붓고 심지어는 고추까지 앵두 부르트듯 붉어지는 것이다.

급히 가정의한테 갔더니 고개를 갸우뚱하며 자기도 모르겠다면서 빨리 '이모전시'로 가라는 것이다. 서둘러 병원을 다녀온 며느리의 모습이 뾰루퉁하다.

묻기도 전에 볼멘 소리로 "옻이래요" 한다.

"아뿔싸, 그게 옻나무였구나? 옻나무인 줄도 모르고 마구잡이로 만져댔으니……."

시부모 앞이라 속은 상하지만 참는 기색이다. 아마 친정 엄마 같았으면 사생결단 싸웠을 것이다.

애 봐준 공은 없다더니, 아들 며느리 보기가 민망하다. 그래도 천진스럽게 무럭무럭 자라는 고추들을 바라보면 힘들고 짜증이 나다가도 봄눈 녹듯 스러진다.

신이 내린 선물

❋❋❋❋❋ 인공위성들이 우주를 누비는 시대라고 해도 대재앙 앞에는 무기력하기만 했다.

'미얀마' 대지진의 여운이 채 가시기도 전에 '쓰촨성'의 대참사는 세계를 경악하게 했다. 더욱이 같은 장소에서 2차례나 발생한 지진은 1970년대 '탄산' 지진을 능가하는 엄청난 위력이라고 한다. 더 우려되는 것은 여진은 여기서 끝나지 않고 곳곳에 도사리고 머지않아 예고 없이 나타난다는 것이다.

인도네시아 '수마트라' 섬 최북단 '반다' 체에서 시작된 '스나미'가 많은 사람들을 파도에 수장시킨 것이 불과 얼마 전의 일인데, 이번에는 핵폭탄에 버금가는 대지진이 중국 '쓰촨'에서 연속적으로 또 발생한 것이다.

사상자 수를 발표하는 순간에도 사망자수가 늘어나 통계 내기가 어려울 정도다. 피해 면적도 남한의 66%나 되고, 핵무기로 비교하면 히로시마에 떨어진 원자탄의 252배나 되는 위력적인 지진이라고 한다.

지구의 몸살이 기어이 분출한 모양이다. 그것은 무분별한 인간들의 이기심이 부른 부메랑이라고나 할까. 화면에 나오는 현장의 모습은 참담했다.

시체 위에서 허우적대는 생존자들의 처절한 절규는 아비규환 그 자체였다. 거리와 도시는 온통 폐허가 되어 버렸다. 시체 썩는 냄새로 생지옥을 연상시킨다. 약혼자를 잃고 망연자실하는 젊은이의 울부짖는 모습은 차마 눈 뜨고 볼 수가 없다. 어미 찾아 헤매는 어린 사슴처럼 애처롭다.

처참히 무너진 집더미를 뒤로 하고 고향을 떠나는 행렬들! 어린 아기를 안은 임신 3개월이 된 젊은 엄마가 혼자 살겠다고 그곳을 떠나온 자책 때문에 목 놓아 통곡하는 장면에는 억장이 무너진다.

만신창이가 된 집터에 웅얼웅얼 새어나오는 울음은 전설의 고향에서나 봄직하여 음산하기까지 하다. 의료진마저 죽어가 치료의 손길이 못 미친다.

고르지 못한 구호품으로 인해 폭동이 일어나, 생生과 사死의 기로에서 또 다른 전쟁이 시작된 것이다.

사흘이나 건물더미에 깔려 있던 20대 가장이 고향의 아내에게 보낸 한 마디가 우리 모두를 울렸다.

"많은 걸 바라지 않아요. 그저 당신과 내가 행복하게 살 수만 있다면 그걸로 만족해요."

여 기자는 싸늘히 식어가는 그를 끌어안고는 몸부림친다.

"이게 뭐야! 바보야? 지금까지 잘 버텨 놓고! 얼른 일어나. 잠 들면 안 돼요. 부인이 기다린다고 했잖아!"

그렇게 그는 조용히 눈을 감았다. 펜을 잡은 필자의 손끝이 잠시 향방을 잃었다.

신은 이미 오래 전부터 인류에게 암시를 주었다. 인간은 그 것에 순응하지 못하고 교만했다. 설마하며 방심한 것이 잔인한 부메랑이 되어 돌아온 것이다. 폭풍 후 고요 속에 다음으로 이 어질 굉음을 나약하게 기다릴 수밖에 없는 인간에게 신이 내린 저주의 선물이다.

7년 전 베이징에 갔을 때의 일이다. 짙은 황사 속에 망치소리 는 드높았다. 기초도 없이 마구잡이식으로 기어오는 아파트 공 장들은 괴물같이 무섭게 치솟고 있었다.

아무렇게 널려 있는 전선들, 수도관, 하수처리시설, 하나같 이 부실하였다. 건축의 문외한인 필자가 보아도 언제고 이런 날이 올 것 같은 느낌이 들었다. 결국 일이 터지고 보니 나의 선견지명도 아둔하지 않았다는 자부심을 느낀다.

지진의 나라 일본은 지진을 대비해 건물들을 견고하게 짓는 데도 6~7도 강진에는 견디지 못하고 소나기에 개미집 무너지 듯했다. 마치 걸리버의 여행기를 보는 듯했다. 하물며 모래성 처럼 쌓아올린 중국의 건물이야 더 말할 게 무엇이겠는가?

많이 늦었지만 세계는 도쿄의정서 시행을 게을리해서는 안 된다. 강대국들은 자국의 이해관계에서 벗어나야 한다. 그 길만이 병들어가는 지구를 구할 수가 있다.

　도쿄의정서가 효력을 발휘하지 못하는 이유는 간단하다. 강대국들의 이해타산 때문이다. 중국은 후진국을 벗어나려고 몸부림치고, 미국을 비롯한 선진국들은 우주로 진출하려는 욕심 때문이다. 한 술 더 떠 중국은(선진국들에게) 당신들은 여태껏 문명의 혜택을 누리지 않았냐는 식이다.

　이번 지진사태를 계기로 중국 정부는 무분별한 개발을 자제해야 한다. 자국을 위해서라도…….

아침산책

♣♣♣♣♣ 새벽잠이 없어 부지런하다는 소리도 듣지만 반면 궁상을 떤다는 소리도 듣는다. 선천적으로 새벽잠이 없어 3~4시만 되면 부시럭을 떨어 집사람한테는 귀찮은 존재다.

젊어서는 그런대로 애교로 보아주고 알량한 글을 쓴답시고 이해를 해 주었는데, 요즘에 와서는 노골적으로 내색을 하는 데는 미안한 마음이다. 곤히 자는 데 좋아할 사람이 누가 있겠는가? 젊었다면이야 여러 가지 방법을 동원해 마음을 풀어줄 수도 있지만 나이가 들어 쓸모없는 골동품으로 전락하니 꼴이 말이 아니다.

그럴 때면 거실로 자리를 옮기지만 보금자리 빼앗긴 새모양 불안전하다. 몸에 밴 습관은 어쩔 수가 없다. 이때쯤이면 신문을 기다리는 시간이기 때문에 더하다.

짜증이 나 뒤척이면 오늘 따라 신문이 늦어진다. 괜시리 궁

시렁거리면 화답이라도 하듯 신문 뭉치 떨어지는 소리가 새벽 정적을 울린다. 그 소리는 고향집 뒤란 밤나무에서 아람 떨어지는 소리로 들린다. 부리나케 현관문을 열면 신문 배달부는 윤곽도 희미하게 저만치 사라지고 있다. 신문 있는 장소가 일정치가 않아 한 번쯤 주의를 주려고 벼르고 있는데 잽싸게 어둠 속으로 도망을 가 버리는 것이다.

도대체 어떻게 하기에 신문 놓는 자리가 고르지가 않나. 한 날은 커튼 사이로 지켜보니 집 앞까지 오는 것도 꾀가 나는지 길 건너편에서 잔뜩 웅크리고 왼발을 치켜 올렸다 던지는 것이 영락없는 삼류 투수의 어설픈 폼이다.

그러니 신문은 제자리를 잃고 엉뚱한 곳으로 흘러가는 것은 당연하지 않은가? 어이가 없어 피식 웃음이 나왔다.

대충 신문을 제목만 훑어보고는 산책을 나선다. 늘 같은 장소고 같은 시간이기 때문에 낯익은 서양인들도 마주치게 된다. 간단한 목례로 친근감을 교환한다. 말만한 개를 끌고 산책을 나오는 사람들도 더러 눈에 띈다. 동물을 사랑하는 마음이야 동서양이 다를 바 없는데 개에 대한 사랑으로 서양 사람들은 별스럽게 유난을 떤다.

나도 개를 길러본 경험이 있지만 별로 개를 좋아하지는 않는다. 이슬 밭을 끌고 다니다 집엘 들어오면 개 비린내로 집안이 역겹기 때문이다. 그 후부터는 개에 대한 애정이 멀어졌다. 문화적 차이는 있지만 본능적으로 느끼는 것은 동서양인이 같을 진대, 아전인수격으로 내 생각만 해 본다.

팔등신을 과시하는 서양 아가씨들이 이곳저곳에서 호랑나비 팔랑거리듯 달리고 있다. 각선미를 자랑하는 건지 운동을 하러 온 건지, 조금은 삐뚤어진 생각에 뚱뚱한 입장에서 색안경을 쓰고 본다. 남이야 어떻든 저 잘난 맛에 사는 서양인들의 단면이다.

부잣집 정원에 물을 주느라 분수대에서는 쉴 새 없이 물이 흘러 인도까지 흐른다. 겨울에는 하수구에서 김이 무럭무럭 피어오른다. 피 같은 혈세가 이렇게 헛되게 낭비된다는 생각을 하니 공연히 부자들이 미워진다. 평등을 원칙으로 내세우는 캐나다 정부의 모순점과 빈부의 격차를 부추기는 재벌들의 이중성에 실망스러워진다.

구석구석에 햄버거, 콜라, 캔 등 찌꺼기들로 눈살을 찌푸리게 한다. 이민 초기 고국에서 소양교육을 받은 대로 제법 깨끗한 체를 하고 있었는데, 그것이 얼마나 부질없는 짓인지 금방 알 수가 있었다.

나 역시 이민생활 중년에 그들을 닮아가고 있는가 보다. 공중도덕의 무질서는 어느 나라고 마찬가지지만 유독 중국인과 인도인들이 심하고, 우리들도 자랑할 입장은 못 된다. 근거리인데도 차를 타고 오는 사람들이 있는가 하면 담배를 피우는 사람들도 더러 있다.

신선한 아침에 차를 타고 담배를 피우며 운동을 하면 무슨 의미가 있겠는가? 오히려 건강이 더 악화될 것같아 걱정스럽다.

어머니

     선산은 풀 향기가 솔솔 풍겨나던 옛 고향이 아니었다. 적막한 고요가 흐르고 두견의 울음이 산천을 메아리치던 그 옛날은 아무 데도 없었다. 아직 벌초를 하기 전이라 어욱새만 키가 넘게 어우러져 있다.

몇 그루 안 되는 노송들만 아스라이 잊혀져 가는 기억을 반추시켜 줄 뿐, 모든 것이 소멸된 지 오래다. 어디를 둘러보아도 주택과 아파트로 둘러싸여 문명의 잔인함은 여기도 예외가 아니다.

조상님께 절을 올리고 음복飮福을 하고 나니 지난 일들이 실타래처럼 풀려 온다. 집에서 그리 멀지 않은 선산은 할머니에게는 삶의 터전이었다.

이마가 땅에 닿을 정도로 허리를 구부리고 언손을 호호 불어가며 목화송이를 다듬던 할머니의 숨소리는 늘 그렁거렸다.

　제멋대로 서 있는 참깨단은 할머니의 유일한 친구였었고, 늦서리에 취한 고추잠자리는 할머니의 영혼을 위로라도 하듯 묘지 위를 맴돌며 쇠잔한 날갯짓을 하였다.

　밤새 이슬을 머금은 들국화 몇 그루만이 조상님들의 혼령을 위로하듯 함초롬히 피어 있어 지난날의 그리움으로 더욱 쓸쓸한 고요가 배어난다.

　아버지는 만석꾼은 못되어도 근동에서는 꽤나 부자 소리를 듣던 이 시대의 마지막 지주였다. 안경 너머로 지긋이 바라보는 모습은 늘 근엄하고 무섭기만 하여 애틋한 잔정은 없었다. 돌아가셨는데도 눈물이 나오지를 않아 어린 마음을 안타깝게 하였다. 그저 식구들 울음에 따라 섧게 울었던 기억만 난다.

　할머니가 어머니를 나무라면 할머니 역성만 드는 아버지가 싫었다. 장성하여 세상을 알 때쯤 되어서야 할머니의 마음을 이해할 수가 있었다.

　그 시대는 모두 그랬다. 어머니도 그랬고, 그 위의 할머니도 그랬다. 뒤늦게 유교봉건세습이라는 것을 알고 나서야 할머니에게 가졌던 미운 감정이 죄송함으로 바뀌었다.

　토지개혁은 우리 가정을 몰락으로 내몰았다. 모든 것을 빼앗긴 아버지는 일년만에 할머니를 따라 병으로 돌아가셨다. 경제적인 문제도 문제지만, 그토록 믿어왔던 소작인들이 하루아침에 돌변한 것이 아버지로서는 인내하기가 어려웠던 것 같다.

　아버지가 돌아가시고 난 후 가정형편은 말이 아니었다. 할 수 없이 아버지와 돈거래를 하시던 분들을 찾아가 빌린 돈을 주십사 하면 아버지 생전에 다 갚았다고 손사래를 치는 데는 할 말을 잃고 만다. 유언을 기록한 증서를 보여주어도 막무가내다. 작심하고 오리발을 내미는 사람들에게 말해 봐야 우리만 초라해진다면서 어머니는 체념을 하고 말았다.

그 후부터 어머니는 행상으로 나섰다. 내가 결혼하고 첫 아이가 태어났을 때다. 젖이 부족한 아이는 늘 칭얼댔다. 우유 살 돈을 마련하기 위해 시장으로 어머니를 찾아갔다.

먼 발치에서 본 어머니는 시장에서 300원짜리 퉁퉁 불은 막국수를 잡숫고 계셨다. 나는 차마 말을 못하고 돌아서고 말았다. 생전 처음 하늘을 원망하였고, 내 자신이 이처럼 초라해 보이긴 처음이었다. 집에서 보챌 아이를 생각하면서 얼마나 비참했던가?

살림이 윤택해지면 가끔 집에 오시지만 하룻저녁을 못 넘긴다. 쌀 한 톨이라도 아껴 주려는 부모 마음일 것이다. 하룻저녁이라도 주무시라고 해도 한사코 간다고 고집이시다. 할 수 없이 택시기사한테 모셔다 드리라고 하면, 우리가 안 보이는 모퉁이에서 내려 버스를 타고 가신다.

그렇게 해서 모은 푼돈은 목돈으로 둔갑을 하여 결국 우리한테로 되돌아오곤 하였다. 효도할 기회 한 번 주지 않은 어머니가 때론 원망스러웠다.

이렇게 자식들에게 자상하시던 어머니는 며칠 사이에 몰라보게 수척해지시더니 끝내 자리에 눕고 말았다. 웬만하면 눕지를 않는 분인데 걱정이 되어 식구들이 병원으로 모셨다.

진찰 결과는 위암 말기의 청천벽력 같은 사형선고다. 그동안 많이도 아팠으련만 자식을 위하는 무지는 결국 죽음에 이르고 말았으니 평소에 사리가 정연하고 도도하신 어머니도 자식 사랑에는 어쩔 수 없는 조선의 여인이었다.

잘 살아야 6개월이고 3개월이면 운명하실 거라는 의사 말이 비수와 같다. 어머니는 그로부터 몇 개월을 고통 속에 사시다 영원한 하늘나라로 올라가셨다.

가지고 온 위스키 한 병이 바닥이 나고 있을 때는 이미 해는 서산에서 기웃거리고 있었다. 뒤늦게 나의 행적을 알고 찾아온 조카 손에 이끌린 난, '유정천리' 옛 노래를 흥얼거리며 선산을 내려오고 있었다.

여성천하

♣♣♣♣♣ 인류는 태초 이래 대자연의 법칙과 공생관계를 유지하며 살아왔다. 최초에는 씨족사회로 무리를 이어오다 점점 개체個體수가 늘어나고 행동반경이 넓어지면서 부족국가로서의 면모가 형성된 것이다. 지능이 높아 기계 연장을 만들어 사용하였으며, 언어소통의 능력을 지녔고 문화를 창조해 향유하게 되었다.

세월의 흐름에 따라 변천과 적응을 거듭하며 도태되지 않는 범주에서 진화와 창조, 양비론의 신비의 수수께끼를 풀어가며 스스로 이상적理想的 지혜를 터득하며 만물의 영장 소리도 듣게 된 것이다.

자연의 순리대로 삼라만상의 진리에 순응하며 남자들은 가부장의 권위를 적당히 부리며 밖에서 일어나는 일들은 도맡아 왔고, 여성들은 집안에서 부모를 모시고 아이를 키우며 남편을 내조하면서 살아온 것이 인류의 변천 과정인 것이다.

이런 현상은 일찍이 하늘이 인간에게 점지하여 준 준엄한 명령일진대, 언제부터 여성들은 성별性別 형평성이 잘못되었다고 억울해 한다. 이것이야말로 여성들이 여성상위시대를 부르짖는 무지에서 온 그릇된 사고방식이 아닐까. 어쨌거나 조물주가 인간을 창조할 때 암수의 구별을 분명히 하였거늘, 여성들은 이런 신의 섭리를 외면하면 모두 공멸한다는 것을 심각하게 고민하여야 할 것이다.

역사를 거슬러 올라가 보자. 고려 이전 삼국시대에는 자유롭게 연애를 하였다.

삼국을 통일한 김유신 장군도 부모들이 대보름날 탑돌이를 하다 눈에 맞아 연애를 해서 태어났고, 가실이란 애틋한 사랑 이야기도 화랑도 정신에서 생겨난 연애담이다.

폭군과 영웅은 어느 시대고 있게 마련이다. 안타깝게도 근세에 들어와서 고려를 멸망시킨 이성계가 그랬다. '남존여비, 여필종부' 라는 칠거지악의 몹쓸 제도로 족쇄를 채워 여성들의 화려했던 시절에 종지부를 찍으면서 한맺힌 조선 오백년의 수난기를 맞이하게 되었던 것이다.

여성들의 불행했던 역사에는 동의하고 동정이 간다. 허나 이것 역시 신의 섭리에 따라 이성계의 작품인 것을 어찌 하겠는가?

해방과 더불어 불어 닥친 신여성들의 자유분방한 행동은 사회질서를 혼동 속으로 밀어 넣었다. 정비석이 지은 〈자유부인〉

으로 인해 윤리 도덕은 무너지고 남성우월주의에서 탈피하려는 여성들의 춤바람은 장안의 화젯거리로 파고를 쳤다. 잠재되어 있던 피해 보상심리가 내면에서 표출되면서 욕구불만이 된 것이다.

한국의 걷잡을 수 없는 변화에는 현기증까지 느껴진다. 법적으로 간통죄는 폐지되지는 않았지만 폐지된 거나 마찬가지가 되었고, 호적까지 파가 버려 여성들의 득세가 하늘을 치받고, 남자들의 위신이 하루 아침에 추락하고 말았다. 어찌하다 이 지경까지 왔는지 통탄할 일이다.

여성들이 부르짖는 개혁은 진정한 개혁이 아닌 모순이다. 제도적 장치가 부재한 급조된 외세 문화에서 온 설익은 유행병이다. 어설프게 외국이나 드나든 인텔리들의 선동에 의하여 물들어진 지각없는 행동이다.

간통죄 폐지나 호적문제는 열 번 생각해도 잘못되었다. 이것을 받아들이는 국회나 법조계도 고민은 되겠지만 원점으로 돌아가 한 목소리를 내야 할 것이다.

빌어먹을 한 표 때문에 오천년의 찬란한 문화와 선비정신이 유린당할 수는 없지 않는가? 기성세대의 진부한 고정관념으로 치부하기엔 유교문화의 정신이 뿌리째 흔들려서 하는 얘기다. 여성들의 외침은 사태의 심각성이 해결되는 것이 아니다. 진흙 속의 기상 나팔소리로 들릴 뿐이다.

역사의 골격을 찾아라

✦✦✦✦✦ 정조대왕이 수원에 있는 아버지 사도세자의 능을 찾았을 때다. 송충이가 소나무에 둘레둘레 앉아 솔잎을 갉아 먹고 있었다. 정조의 노기는 분기탱천하여 하늘을 찔렀다.

"네! 이놈, 원통하게 돌아가신 아버님의 혼백이 아직도 저승 입문을 하지 못하고 구천을 떠도는데 네놈마저 아버님의 영혼을 갉아 먹으려 드느냐? 내 네놈을 갈기갈기 찢어 죽이리라."

뒤주 속에서 억울하게 돌아가신 것도 한으로 남았는데, 너 같은 미물마저도 아버지를 우습게 보느냐며, 송충이를 한 마리 한 마리 이빨로 물어뜯어 죽였다는 정조대왕의 야사野史다.

당시 정조는 상왕이신 할아버지(영조대왕) 위세에 눌려 아무 것도 할 수가 없었다. 가끔 능을 찾아 아버지를 위로하는 것이 고작이었는데 송충이가 솔잎을 갉아 먹는 것을 보곤 할아버지에게 가졌던 적의를 에둘러 표출시키며, 비명에 가신 아버지의 원혼을 달랜 것으로 보인다.

사도세자는 당파 회오리에 요절한 비운의 대군大君이다. 지근에서 지켜보던 정조는 할아버지에 대한 미움이 성장하면서 싹이 텄다. 이때부터(영조−사도세자−정조) 삼대에 걸친 보이지 않는 구중궁궐의 암투는 시작된 것이다.

얼마 전 발견된 정조가 노론 벽파의 영수 심환지深煥之에게 보낸 편지의 내용을 보면 역사를 새롭게 단장을 하여야겠다. 그동안 문헌에는 정조가 심환지 세력에게 독살된 것으로 알려져 왔는데 이번 정조의 필지를 보면서 역사의 진실성을 밝힐 계기가 한층 높아졌다.

불과 2백여 년 전의 역사가 이렇게 향방을 잃은 것은 국사편찬위원회나 사학자들의 안일한 탁상공론에만 의지한 것이 문제시 되고 있다. 어줍지않은 드라마 작가들의 종횡무진한 난필도 여기에 일조를 했다 해도 변명의 여지가 없다.

그릇된 기록으로 희생된 인물이 어디 이들뿐이겠느냐마는 지금이라도 발견된 것이 천만다행이다. 고로 역사의 뒤안길에서 사라진 위인들이 많다는 것을 감안한다면 하루 속히 그들을 색출하여 논공행상을 분명히 하여야겠다. 빈약한 역사 속에서 운 좋게 얻은 공으로 대대로 가문의 영광을 누리는 위인이 있는가 하면, 큰 공을 세우고도 억울하게 그늘에 묻혀 빛을 못 보는 위인들이 많다.

일일이 드러내기가 쉽지 않겠지만, 이번 기회에 영웅시 되어 있는 이순신이나 간신으로 낙인이 찍힌 원균도 재조명되어야 할 것이고, 폭군으로 알려진 연산군, 광해군도 분명히 잘못되었을 노파심이 든다.

우리나라는 잦은 변란과 내란으로 인해 기록이 소각되었다. 침략국의 수거로 사료가 부족한 것도 또한 문제시 되지만, 승정원 사관들에 의해 기록되어 온 사초史草마저도 지엄한 임금의 어명으로 진실이 왜곡된 것이 오점으로 남아 있다. 그렇기 때문에 문헌의 신빙성을 인정할 수 없다는 것이 젊은 학자들의 공통된 견해다.

요즘에 와서 각 방송매체마다 다큐멘터리나 사극을 새롭게 보여주는 것이 고무적이나 역사의 근간根幹은 보이지 않고 홍행에만 치중해 골격이 결여된 피부에만 덧붙인 흔적만 보인다. 2세들을 위해서 백년대계를 내다보며 소설이 아닌 제대로 된 역사 교육이 아쉽다.

토론토 총영사관 교육원과 토론토 교육청은 동포들을 대상으로 전문성 신장을 위한 강좌를 개설하며 역사도 더불어 한다고 하니 반가운 일이다. 제2의 독도가 되지 않으려면 서둘러야 할 것이다.

염소는 용감했다

❦❦❦❦❦ 요즘 한국이나 캐나다 동포사회나 담배문제가 심각하다. 이래저래 애연가들만 왕따를 당하고 있다. 이런 수난을 당하며 담배를 끊지 못하고 골목으로 밀려 가면서까지 담배를 피우는 분들을 보면 젊었을 적 내 생각이 난다.

내가 담배를 배우게 된 것은 정미소를 하고서부터다. 그 시절에는 쌀이 용돈 역할에 절대적 필수품이었다. 술 먹고 담배 피우라는 부모들이 있겠는가? 자연 쌀로 손이 타게 마련이다. 친구들은 자기네 방아를 찧는 날만 되면 넌지시 암시를 한다. 쌀 좀 훔치자는 것이다. 훔치자는 것은 절도인데 자기네 쌀 팔아먹는 데 절도까지 들먹일 것 없고, 듣기 좋게 말해 용돈 좀 만들자는 것이다.

우리는 눈짓 하나로 이심전심 만사가 해결이 되었다. 특히 군대 갔다 휴가 온 형들의 단골 메뉴가 되기도 하였다. 그 바람에 나에게 돌아오는 것은 주동자의 선입감이었다.

유난히 손이 크고 놀음을 잘하는 친군데, 자기네 방아를 찧는 날이면 늘 아버지 눈을 피해 쌀을 슬쩍한다. 그 날도 쌀 두 말을 슬쩍해 이웃 주막으로 팔러 가게 되었다.

달밤이었다. 파출소 앞을 지나는데 공교롭게 그 앞에서 쌀 봉지가 터진 것이다. 파출소 쪽을 흘깃 보니 숙직 순경이 책상 앞에서 꾸벅거리고 있었다.

둘이는 러닝셔츠를 벗어 목과 팔을 묶고 길바닥에 하얗게 깔려있는 쌀을 정신없이 긁어 담아 주막집에 던져 주곤 어떻게 돈을 받았는지 모르게 주막집을 나왔다. 등에는 식은땀으로 홍건하였다. 내일을 기다리는 것은 비수였다.

아니나 다를까. 다음날 아침 방아를 찧으려는데 주막 아주머니가 서슬이 퍼래가지고 뛰어왔다.

"세상에 모래 쌀을 팔어먹는 놈들이 어디 있단 말이냐! 쌀값을 도로 주지 않으면 지서에 고발하겠다."

듣고 계시던 매형이 한 마디 거든다.

"애들한테 쌀을 산 아주머니도 잘 한 건 없네요."

아주머니의 기선을 꺾어 놓는다. 상이군인으로 온갖 풍파를 겪으신 분이라 호걸스러웠다.

쌀 값을 반 값으로 받는 것으로 해결은 되었지만, 그 친구는 며칠을 두고 아버지한테 혼이 났고, 지금도 만나면 옛날 얘기 하듯 웃는다.

방앗간을 하다 보면 술 담배는 실과 바늘처럼 끊을래야 끊을 수 없는 기구한 운명이다. 한 모금을 죽 빨아들여 입을 모으고 혀끝을 탁 퉁겨 연기를 뿜어낸다. 연기는 동그라미가 되어 허공으로 팽그르르 돌라간다.

그것에 매료되어 호기심에 피우던 것이 친구들 사이에서는 염소로 통할 정도로 골초가 되어 있었다. 식사 후에 피우는 담배 맛은 꿀맛이다. 돈이 없어 가치(개피) 담배를 사서 피우기도 하고 풀 속에 자라는 박하 풀을 말려 피울 정도였다. 그 시절에 담배를 배운 사람들은 한두 번쯤 경험이 있을 줄 안다.

농을 뒤지면 어른들이 피우던 담배꽁초가 파삭하게 말라 있다. 서랍을 열 적마다 스르륵 스르륵 소리가 난다. 그냥 피우면 쓰다 못해 아리다. 공초를 분해시켜 촉촉이 물을 뿌리고 신문지에 말아 피운다. 그 맛이 말로 표현할 수 없을 정도로 황홀하다. 그렇게 몇 년을 굳세게 피우다 끊게 된 동기는 남다르다.

외할아버지가 오셨다. 연로하셔서 주위를 잘 분간하지 못하셨다. 할아버지는 아랫목에서 누워 계시고 나는 윗목에서 담배 연기를 연신 창밖으로 내뿜고 있었다. 마침 뒤쪽에서 오던 형한테 들키고 말았다. 장작개비로 죽지 않을 정도로 맞았다.

그 후 담배의 유혹은 끊임없이 괴롭혔지만 나는 모질게 외면하였다. 다시는 담배를 피우면 사람이 아니라고 나 스스로 다짐을 하였다.

염소는 용감했다고 엄마는 돌아가실 때까지 칭찬을 하셨고, 지금은 형이 그렇게 고마울 수가 없다.

동생의 죽음

✦✦✦✦✦ 6.25 때 죽은 여동생이 떠오른다. 꽤나 생기발랄한 아이였다. 어렸을 때 죽었기 때문에 아직도 나에게는 아픈 상처로 남아 있다. 너무도 끔찍한 사건이었기에 지금도 생생하다.

싸늘한 냉기가 옷깃을 여미는 이른 봄이었다. 전쟁 끝이라 춘궁기를 보내기에는 너무도 힘들었다. 동리 누나들이 봄나물을 캐러 가는데 따라 나섰다.

멀리 삼부능선 골짜기마다 잔설이 희끗희끗 눈 속으로 너울져 온다. 후미진 응달에는 아직도 겨울의 흔적들이 살벌하게 남아 있다. 아지랑이가 아롱거리는 금잔디 위로 노랑나비 한 마리가 하늘거린다. 갓 성충에서 벗어나서 그런지 맥없이 어딘가 목적도 없이 날아간다.

전쟁의 흔적은 어디고 따라다녔다. 제멋대로 굴러다니는 철모(탈바가지)와 군화들이 흩어져 있다. 군데군데 수북이 쌓여 있는 탄피들은 전쟁이 참혹했음을 재현이라도 하듯 섬뜩하게 동심의 곁으로 다가왔다. 누나들은 흐드러지게 널려 있는 봄나물을 따는 데 정신이 없다.

무료한 시간을 보내던 난 동생 영옥이와 골짜기로 가재를 잡으러 갔다.

이상한 물체가 눈에 들어온다. 먼 발치에서 보니 수박같이 보였다. 나는 누나들한테 "수박 있다"고 소리 질렀다.

"이 봄에 무슨 수박이냐"며 누나들은 들은 척도 않고 나물 뜯기에만 정신이 없었다.

"정말 여기 수박 있다니까!"

재차 소리 지르자 그제야 누나가 의아하게 다가오다 기겁을 하며 달아난다. 나물하던 누나들도 덩달아 달아나는 것이다. 누나들의 댕기머리가 좌우로 출렁댄다. 누나가 달아나다 되돌아서서 빨리 오라고 소리를 지른다. 양손을 올렸다 내렸다 하며 허우적거리는 모습이 영락없는 선무당 춤이었다.

할 수 없이 나도 지척거리며 영옥이의 손을 잡고 누나들을 따라갈 수박에 없었다. 당집에 다다르자 누나는 가쁜 숨을 몰아쉬며 나의 머리를 쥐어박는다.

"이 빙신아. 그것이 수박이냐! 수박이야? 사람 머리란 말이다."

순간 난 아찔함에 온몸이 움츠러들었다. 국방군에 의해 총살당한 북한군들의 시체를 여우들이 파먹다 머리만 남겨 논 것이다. 이 끔찍했던 사건은 두고두고 얘깃거리였다.

그때는 군인들만 죽는 것이 아니었다. 전쟁으로 인한 질병으로 홍역이 창궐하여 집집마다 어린이 하나둘씩은 죽어나가기가 예사였다.

추위와 배고픔에 노인들도 많이 돌아가셨다. 언 땅에 아무렇게나 흙을 긁어모아 돌로 덮어 놓으면 여우들이 다 파먹었다.

그때 영옥이도 죽은 것이다. 막내딸을 잃은 부모님들은 말할 것도 없거니와 형들도 누나도 몇 년을 두고 슬픔에 잠기곤 했다. 아버지는 영옥이의 무덤에 가서 며칠을 지켰지만 여우의 극성을 당할 수가 없었다.

난 영옥이가 죽던 전날 밤 꿈을 꾸었다.

내가 뒤란 밤나무에 올라가 밤을 따고 영옥이는 고사리 같은 손으로 밤을 줍고 있었다. 정신없이 밤을 따다 그만 장대를 놓치고 말았다.

밤을 줍던 영옥이가 장대 끝에 찔려 피를 철철 흘리고 있었다. 그러더니 금세 툭툭 털고 일어나, 까마귀였던가 아니면 까치로 변하더니 홀연히 하늘로 훨훨 날아가고 말았다.

어머니한테 꿈 이야기를 하자, 상심하던 어머니도 어린 나의 꿈을 무시하면서도 마음 속으로는 켕기시는 것 같았다. 어머니는 의미 있는 말로 혼자 중얼거리신다.

"꿈은 현실과는 반대이니까……."

어린 나의 꿈에 가냘프게나마 희망을 가지시는 것 같았지만 신은 외면하였다.

그렇게 해서 영옥이는 저세상으로 갔고, 내겐 동생 잃은 슬품이 마음 속 깊이 뿌리를 내렸다.

영옥이를 그렇게 보낸 후부터는 나는 아무에게도 꿈 애기를 하지 않았다. 그것은 영옥이가 나의 꿈 애기로 인해 죽었다는 굳은 신념이 나의 머릿속에 자리잡고 있었기 때문이다.

영옥이의 죽음은 어린 나에게 많은 것을 안겨주었다. 이상한 버릇까지 생겼다.

'사람은 왜 죽는 걸까? 영원히 살 수 없을까!'

그런 생각을 하며 자다가도 가위에 눌리기도 하고, 가슴이 방망이질을 해 죽음의 공포에서 뛰곤 하였다.

영옥이의 죽음은 나를 일찍이 어른들의 세계로 몰았던 것이다. 초로의 나이에도 영옥이는 영원히 나의 마음 속에 각인되어 있다.

예의범절은 집안의 얼굴

♣♣♣♣♣ 뿌리가 튼튼하면 나뭇잎이 탐스럽고 무성하기 마련이다. 그렇기 때문에 떡잎 하나만 보아도 그 나무가 튼실하다는 것을 금방 알 수가 있다. 곧 올바르게 자랐다는 뜻이다.

인간사회도 이와 같은 것이다. 어린이들이 웃어른들께 인사성이 밝으면 어느 집 자식인지, 가정교육이 잘 되었다고 칭찬이 자자하다. 그러다보면 부모님까지도 훌륭하다는 소리를 듣게 된다.

그렇지 못하고 반대일 경우에는 "에그! 자식이 저 모양이니 부모인들 오죽할까? 어떻게 자식을 키웠으면 저럴까?" 하며 혀를 끌끌 찬다.

이런 간단한 예의범절이 자신의 처신을 좌우시킨다. 자칫 부모에게 욕을 먹일 수도 있고, 반대로 좋은 소리도 들을 수 있게 한다.

그래서 잘될 나무는 떡잎부터 알 수 있다는 속담을 만든 조상님의 슬기가 돋보인다. 각박한 세상에 진부하고 고루하다고 할진 모르지만 근본적 신분이 튼실하면 만인의 귀감이 된다는 만고의 진리를 외면하고 사는 게 요즘 세상이다.

우리는 타국생활을 하면서 이웃을 너무 등한시하고 살아가고 있다. 심하게 말해 도덕 불감증에 걸린 것 같기도 할 정도다. 간단한 인사도 아예 외면해 버린다.

어쩌다 마주치면 마지못해 하는 인사도 가식이 서려 있다. 먼 발치는 말할 것도 없거니와 코 앞인데도 그대로 스치고 지나가면 그렇게 불편할 수가 없다.

차라리 내외하는 거라면 나이가 들었어도 그런대로 기분이 좋을 텐데, 그것도 아니고 늙은 퇴물 대접을 받는 것같아 서글픈 생각이 든다.

한국 같으면 야단을 치고 싶지만 부모들 보고 '너, 나' 하는 나라에서 따져 봐야 자신만 더 초라해져 참자니 인내하기가 쉽지 않다.

급변하는 세상에 내 부모도 제대로 못 섬기는데 남에게 잘할 시간이 어디 있느냐고 하면 할 말은 없다. 그러나 우리는 오천 년 역사를 이어온 백의민족이다. 밖으로는 나라에 충성하고, 안으로는 부모에 효도하라는 조상들의 말씀이 우리의 혈관에 면면히 흐르고 있다.

항시 마음가짐을 소홀히 해서는 안 되고 어른 존경하기를 자기 부모 대하듯 하여야 한다는 것이 우리의 정서다. 별스런 일

이 아닌 걸 가지고 인류도덕을 들춘다고 할지 모르나 이민사회
의 생활상이 너무 삭막하여 하는 소리다.

얼마 안 되는 거리에 새로 이민 온 사람과 접하며 살아온 지
가 몇 해가 지났다.

처음에는 그냥 스치곤 하여 중국인이나 아니면 일본인이려
니 생각하고 무심코 지났는데, 여러 번 스치다 보니까 한국인
이라는 걸 알게 되었다.

아기가 한국말을 하고 있었다.

반가운 마음에 말을 걸었다. 시큰둥한 것이 반가워 하기는
고사하고 아기를 잡아끌고는 도망치듯 저쪽으로 가 버린다. 더
어이없는 것은 아기까지도 나를 이상스럽게 흘겨보는 것이었
다. 반가운 마음에 아는 체를 했다가 무안하기도 하고 괘씸하
기도 하여 기분이 참으로 묘했다.

씁쓸한 마음을 안고 집으로 왔지만 도시 마음이 편치가 않았
다. 어른은 그렇다 치더라도 아이까지 나를 도깨비풀 보듯 하
니 말이다. 마음을 가라앉히고 다음에 그들이 지나갈 때를 기
다렸다.

얼마 후 지나가는 그들을 무조건 커피 집으로 끌고가 물었
다. 그의 입에서 나온 말에 기가 막혔다.

이민을 가면 우선 한국 사람을 조심하여야 한다는 것이다.
한국 사람끼리 집을 팔고 사다 보면 먼저 이민 온 교민들한테
틀림없이 당하니까 조심하라는 것이었다.

순간 난 한 방 얻어맞은 기분이었다. 한동안 벌린 입을 다물

지 못했다. 아무리 이웃을 믿지 못한다지만 이렇게 형편없이 불신을 할 줄이야! 세상에 같은 민족끼리 이런 고문이 어디 있 단 말인가? 서글픈 마음이 가슴 속을 파고든다.

우리는 동방예의지국東方禮義之國이다. 역사를 거슬러 올라가 보면 중국으로부터 전해 온 말이다. 우리나라가 중국을 대국으 로 섬기며 해마다 한 치의 시간을 어기지 않고 조공을 바쳐 중 국 위정자들 입에서 나온 칭찬의 말이다.

내용을 알면 수치스러운 말이다. 사용해서는 안 될 말이지만 오래 전에 식상되어 왔기에 사회통념상 쓰기로 한다. 더욱이 예의범절의 말이 여기서 근간根幹이 되었기 때문에 편의상 안 쓸 수가 없다.

새삼 가슴에 와닿는 문구다.

3부

오! 숭례문이여

❈❈❈❈❈ "그냥 건물 하나가 불탄 게 아니야! 내 인생의 기록이 없어진 거야" 하는 남대문 상인의 오열은 차라리 절규였다. 힘들고 짜증이 날 때마다 남대문 상인들에게 숭례문은 그만큼 정신적 지주였던 것이다.

자신의 신체 일부가 떨어져 나간 듯 망연자실하는 상인들의 비통함은 가슴 저리게 눈물겹다.

1961년도 숭례문 앞에 쓰인, '올해의 수출 목표 1억 달러 달성'이라는 표어는 한강의 기적을 이루는 데 시발점이 되었다. 그 플래카드를 볼 때마다 봉급쟁이들에게는 남대문이 꿈과 용기를 주는 버팀목이 되었던 것이다.

숭례문은 한양도성의 남쪽 정문으로 조선 태조 7년(1398) 2월에 준공됐다. 현재의 건물은 4대 세종 29년(1447) 때 개축한 것을 다시 1961~1963년에 전면 개축 복원한 것이다. 하층은 화강암으로 개축하고 중앙에는 홍예문虹霓門을 만들었으며, 누각은 오간이면五間二面의 2층으로 되어 그 형태가 웅장하고, 세부에 이르기까지 섬세한 수법으로 다루어져 있다.

액면額面의 '숭례문(崇禮門)'은 필자가 여러 설이 있으나 이수광이 쓴 『지봉유설芝峯類說』에는 '양녕대군'이 쓴 글씨라고 되어 있다. 숭례문의 현판은 관악산의 화기를 누르기 위하여 쓰여졌다는 설도 있다.

일본 치하 때부터 지금까지 '남대문'이라고 사용되어 왔고, 조선시대는 거상巨商들의 문물들이 이 문으로 통했다.

시민들의 애환을 한 몸에 지니고 육백년의 유구한 역사를 간직해 온 민족의 상징적 얼굴이 일개 노인의 증오로 인해 한 순간에 잿더미로 변하고 말았다. 속초 낙산사, 창경궁, 화성 서장대의 화재들로 처절했던 비명이 아직도 뇌리를 치는데 이 어인 변고란 말인가.

일개 가정도 견공을 키워 도둑을 지킨다. 하물며 나라의 국보 1호를 개인집만큼도 못하게 방치하였다. 이런 나라가 세상에 어디 있단 말인가? 더욱이 노숙자들이 밤마다 술판을 벌이고 방뇨를 해도 누구 하나 제지制止를 하지 않았다고 한다. 이것이 나라꼴인가, 산적들의 소굴인가.

노인의 행위는 추호도 정상 참작의 여지가 없다. 조금도 동정할 마음은 없다. 그러나 노인이 이렇게까지 극악무도하게 된 것은 관계 기관들에게도 일말의 책임과 반성이 있어야 되겠다.

법은 만인에게 평등하여야 하거늘 한국의 사회풍토가 힘센

사람들의 편견으로 없는 자의 원성을 사기에 충분하다. 이것이 오늘날 대한민국의 법의 현실이다. 경위야 어떻든 노인의 만행은 법조계의 무관심도 일조했다고 본다.

사고가 난 지 일주일이 지났는데도 애도의 행렬이 끊이지를 않는다. 국보가 만신창이가 됐는데 왜 안 그렇겠는가만 국상이 난 것도 아닌데 상복을 입고 상여 행렬을 하는 국악인들 모습도 보기가 딱하다.

이성을 갖고 헌화를 하여야 하겠다. 본질을 외면한 채 군중심리를 호도하여 한 건 올리려는 모습으로 비쳐지기 때문이다. 시민단체들이나 문화인들도 거리에서 아우성을 칠 것이 아니다. 태안 기름 사고 때의 협동심은 어디로 갔는가?

나라를 대표하는 국회의원들의 책임 회피도 국회의원으로서 바른 자세가 아니다. 머리를 맞대고 이 어려운 난국을 극복해야 하는 것이 국회의원들의 막중한 임무다. 사건이 터질 때마다 책임질 의원은 없고 변명으로 일색이다.

행여 4월 총선에서 불이익을 받을까 봐 선제공격으로 기선이나 잡고 보자는 생각이었다면 국민들의 준엄한 심판을 면하기 어렵다.

문화재관리청과 소방청의 태도도 애매하긴 마찬가지다. 문제의 핵심은 뒷전이고 네 탓 내 탓 책임전가에만 혈안이 되어 있으니 아직도 정신들을 못 차린 것 같다.

전국에 널려 있는 국보급 사찰도 언제 터질 줄 모르는 시한폭탄이다. 사후 약방문이 되었지만 관계기관은 책임 있는 자세로 철저하게 조사하고 관찰하여야 한다.

다시는 이런 일이 없도록 미연에 단속을 하여 전화위복의 기회로 잘 활용하여야겠다.

백제가 멸망할 때의 일이다. 백제 도성밖에 귀신이 나타나서 통곡을 한다. 백제는 망했다. 백제는 망한다. 세 번을 통곡하다가 땅 속으로 들어갔다.

기이하게 여긴 병졸들이 귀신이 들어간 자리를 파 보니 큰 거북이가 나왔다. 등에는 백제는 보름달이오, 신라는 초승달이라고 그려져 있었다.

자고로 나라의 흥망성쇠는 그 나라 국운에 달렸다고 한다. 나라가 흉흉하면 별 해괴한 일들이 다 생긴다.

이럴수록 국민들은 냉정을 찾아 새로 등장하는 정부와 혼연일체가 되어 협동하는 자세로 유비무환에 만전을 기하여야겠다.

외가댁

♣♣♣♣♣ 외가는 우리 집에서 대략 20리쯤 떨어진 목골이라는 곳이다. 백여 호가 옹기종기 사는 조용한 농촌 마을이었다. 지금은 행정구역이 바뀌어 서초구 자곡동이다.

뒤로는 해발 350미터나 되는 대모산이 병풍처럼 마을을 휩싸 안고 있다. 대모산 전경全景 저쪽 너머에는 조선을 건국한 태조 이성계의 다섯째 아들 방원(태종대왕)이 묻혀 있는 곳이다. 이름하여 헌릉이라고 부른다. 아름드리 송림은 오백년의 오랜 풍상에도 흐트러짐 없이 찬란하여 건국 초기의 기상이 살아 숨쉬고 있는 듯하다.

외갓집은 서른 여섯 칸짜리 고래등 같은 기와집이다. 외조부 이전의 할아버지가 헌릉에서 나무를 베어다 지은 집이라 재목이 우람하다. 대들보는 장정이 간신히 껴안을 정도로 굵었다. 수백 년이 지났는데도 고색창연하여 선대에 잘 살았다는 어머니의 말이 허풍만은 아닌 성 싶다.

그런 외가가 나에게는 무섭게만 느껴졌다. 너무 크고 괴괴하여 귀신이 나올 것만 같았기 때문이다. 어릴 때 사월 초파일날 어머니를 따라 절엘 가면 대웅전 앞의 연등이 울긋불긋하고 출렁거리는 것이 외가댁이 연상이 되었던 것이다.

어머니는 시집 오기 전에 절에는 안 가셨다. 시집 오신 후로는 절을 자주 다니셨는데 사월 초파일만큼은 빠지지 않고 가신다. 절에 가시는 것도 불교에 대한 믿음보다 조상을 숭배하는 유교의 관습을 중히 여기는 시집 부모님들의 영을 거역하지 못해 다니신 것 같다.

외가댁은 외증조할아버지의 방탕생활로 재산을 탕진했다. 그 바람에 외할아버지가 가세를 꾸려 나가는 데 무척 고생을 하셨다. 장가를 보내야 하는데 집안 형편이 어려워 시집 올 신부가 없었다. 돈 없고 가난한 늙은 총각에게 시집 올 규수가 있겠는가. 궁리 끝에 부모님들은 건넛마을에 만만한 규수감이 있는 것을 알아냈다.

외증조할머니는 넌지시 중신애비를 시켜 규수의 생년월일을 염탐해 냈다. 절박한 상황에 처하여 있는 외증조할머니의 궁여지책窮餘之策은 통했다. 그때의 풍습으론 마음에 드는 며느리감이 있으면 신부 집에 몰래 들어가 신부 신랑의 생년월일을 감추어 놓으면 어쩔 수 없이 딸을 준다고 했다. 지금으로 말하면 간접 사주단지였다.

사주단지를 발견한 규수 집은 난리가 났다. 사주단지를 울

밖으로 내던지면 외할아버지는 밖에서 안으로 던지고, 안에서는 또 울 밖으로 던진다. 그렇게 몇 날을 두고 사투를 벌이다 결국 신부 집이 지쳐서 허락을 하였다고 한다. '남존여비' 에 회생된 조선 여인의 비극이었다.

어릴 적 외가에 가서 어른들께 들은 귀동냥인데, 그 풍습이 맞는지는 지금도 궁금하다. 그런 우여곡절을 겪으신 외할아버지의 심정이 오죽했겠는가? 어금니가 부러지도록 입을 악 담으셨으리라……?

일제의 산업화 시설은 경성(서울) 거리를 눈부시게 발전시켰다. 철도, 전기, 전화 등 갖가지 시설들이 등장했다. 경부선 기차 철로가 놓이고 동대문에서 서대문까지 전차 철로가 생겼다. 그런 과정에서 많은 나무가 필요했다.

장사이신 외할아버지에겐 절호의 기회였다. 대모산에서 전봇대를 베어 지게로 지고 모퉁이 걸음으로 동대문까지 팔러 다니셨다. 무려 칠, 팔십 리를 하루도 빠지지 않고 왕래를 하셨다고 하니 힘이 얼마나 장사였는지 짐작이 간다. 이승만 대통령하고 동갑내기셨다는데 아쉽게도 백세를 2년 앞두고 98세에 돌아가셨다.

그렇게 급조된 전차의 발전은 많은 화젯거리를 자아내기도 했다. 하필이면 개통하는 날 바퀴에 사람이 치여 죽은 것이다. 갓을 쓴 노인들이 구름같이 모여들어 사람 잡는 날틀을 갈아치우라고 아우성을 쳤다는 이야기는 지금까지도 유명한 일화로 전해지고 있다. 그렇게 하여 모은 돈으로 논도 사고 밭도 사서

생활형편이 많이 좋아졌다.

그러던 어느 날 밤 외삼촌이 친구와 같이 땅 문서를 훔쳐 일본으로 도망을 가셨다. 쪽지에는 불효자를 용서하라는 짤막한 사연과 공부 열심히 하여 성공하고 돌아올 테니 지금은 힘이 드시겠지만 참고 기다리라는 내용이었다. 의논을 해도 흔쾌히 들어줄 외할아버지였는데 야반도주한 건 친구 때문이었다.

일본으로 들어간 외삼촌은 명문 와세다대학을 졸업했지만 땅문서를 훔쳐 가지고 도망갈 때의 약속은 물거품이 되고 사랑방 구석에서 새끼나 두시럭거리다 생을 마감하셨으니 외할아버지의 심정이 오죽했겠는가?

같이 공부한 친구는 자유당 때 농림부 장관까지 했다. 오죽 주변머리가 없으면 학비까지 대주며 같이 공부한 친구는 성공했는데……. 어머니는 옛날을 회상하며 그때 나를 가르쳤으면 여성장관은 하였을 거라고, 외삼촌을 원망하며 억울해 하신다.

하기야 여자들도 고등교육을 받았으면 얼마든지 행동할 수 있는 사회적 조건이 충분한 개화기 시절이라 영특한 어머니 말씀도 아주 틀리진 않은 듯 싶다.

아버지와 어머니의 연애담

✤✤✤✤✤ 아버지는 한 세대를 앞질러간 장사꾼이었다. 옛날로 말하면 거상巨商이셨다. 수완이 좋으셨다. 독일(덕국)제 재봉틀 '신가'를 가지고 옷을 만들어 전국을 떠돌며 장사를 하셨다. 그 시절에 이 재봉틀은 부러움의 대상이었다.

아버지가 외가댁 동네도 자주 드나들다 보니 자연스레 어머니와 눈이 마주쳤다. 아버지는 어머니의 미모로 첫눈에 반하셨다. 어쩌다 아버지와 마주친 어머니는 귀 밑이 빨개지며 다소곳하였다. 어머니의 이런 모습이 아버지에게는 더없는 애정을 느끼게 했던 것이다. 아버지는 할 일 없이 동네를 배회하며 주막에서 고기를 볶아가며 노인들의 환심 사기에 지혜를 총동원하였다.

어머니가 책을 좋아한다는 정보를 들은 아버지는 꼬마를 시켜 『춘향전』을 전해준 것이 사건의 발단이 되었다. 집안에서는 난리가 났다. 남녀가 유별한데 말만한 년이 연애질이냐며 외할머니는 정분난 것이 소문나면 시집도 못 간다고 그날로 어머니의 머리를 깎아 위리안치圍籬安置시켜 놨다.

사실은 그때 외할머니는 일본으로 공부하러 간 오빠 친구를 사위 삼으려고 심중에 두고 있었는데, 느닷없이 이런 사건이 터졌으니 외할머니의 진노야말로 사생결단이라도 낼 태세였다. 외삼촌이 땅 문서까지 팔아가며 공부를 시켜준 대가의 보상심리가 발동하였던 것이다.

지금이야 자기 싫으면 부모도 어쩔 수 없었지만 그 시절엔 신랑 신부가 얼굴 한 번 보지 못 했어도 부모끼리 의논을 하여 결혼 성사가 되었을 때니까, 충분히 그런 생각을 할 수가 있었다.

마침 공부를 마치고 동경에서 돌아온 외삼촌의 제지로 외할머니의 불화는 일단락됐지만 사랑은 국경도 못 막는다고 했던가? 이런 상황에서 외삼촌의 역할은 절대적이었다. 무조건 말리는 것만이 능사가 아니라는 것은 신식교육을 받은 외삼촌은 잘 알고 있었기 때문이다. 도대체 어떤 자가 이렇게 무례하고 대담한가. 궁금하기도 하고 담력도 살필 겸 아버지를 만나기로 약속했다.

젊음이 요동치는 객기라 할까. 장소는 공동묘지였다. 땅거미가 짙어질 무렵 공동묘지의 초저녁은 으스스하다. 더욱이 샛별이 비추니 머리 깃이 쭈뼛해지는 것은 두 말할 나위 없다. 두 검은 물체는 상대방이 누구라는 것만은 짐작하고 약속이나 한

듯이 서로가 엎치락뒤치락 뒹굴었다. 그야말로 용호상박의 결투였다. 장시간의 혈투는 누구의 승리라 할 것 없이 공동묘지에 질펀히 늘어져 숨들을 헐떡이고 있었다.

한참 만에 입을 뗀 외삼촌은 아직 숨소리가 정돈 안 된 상태에서 "너 내 누이의 어디가 그렇게 좋은가?"

아버지는 그 질문에는 대답도 않고, "우리의 사이를 갈라 놓을려고 왔다면 그냥 돌아가는 것이 좋을 것 같다."

밸이 꼬여 심드렁하게 대답하는 아버지 역시 숨소리가 거칠다. 오빠로서 외삼촌은 자기 친구와 혼인 문제가 상당히 진척된 상태였기 때문에 단념하라고 충고 정도 하려고 나왔는데 상대방인 아버지의 호걸스런 풍모에 허락하고 말았다. 또 이런 상황에서 말려봤자 풍파만 일어날 것은 당연한 일이 아닌가.

"너, 저 북두칠성 아래서 약속하라. 내 누이를 영원히 행복하게 하여 주겠다고."

"물론이다. 검은 머리가 파뿌리가 되도록 사랑할 거다."

두 젊은 협객은 손을 굳게 잡고 약속하였지만 시쳇말로 유치하고 촌스러운 언약이다. 아무튼 승리했다고 쾌재를 부르는 아버지를, 외삼촌은 어둠 속에서 보질 못했다.

이런 우여곡절 끝에 우리 집으로 시집 온 것이 어머니의 파란만장한 처녀 시절의 연애담이다.

육계책(토정비결)

♣♣♣♣♣ 어머니는 육계책을 보는 것이 유일한 취미셨다. 많은 점복이 들어 있는 토정비결 책이다. 토정(이지함) 선생이 만든 객관적 통계이기 때문에 미신(샤머니즘)으로 볼 수만은 없다. 심오한 철학에 매료되어 심취하다 보면 자신도 모르게 그쪽으로 빨려 들어가게 하는 것이 육계책의 매력인 것이다.

어머니는 이 책을 펴놓으시고 콩을 쪼개서 윷을 만들어 그날의 운수를 띠우신다.

도, 개, 걸, 윷, 모 중에서 어떤 것이 나오든 관계없이 그것을 육계책에 명시된 숫자를 맞추어 길흉화복吉凶禍福, 좋은 일과 언짢은 일, 행복과 재앙을 찾아내는 것이다.

요상한 것이 사람 마음이다.

흉몽이 떨어지면 금방 죽상이다가도 길몽이 떨어지면 언제 그랬냐는 식으로 금세 화기가 돈다.

어머니는 밤새도록 식구 수대로 돌아가며 점괘를 보신다. 그러다 피곤하시면 나를 깨운다. 윷은 당신이 던지고 육계책은 나보고 읽으란다.

모가 나오면 오늘은 용이 구름을 만나니 만사형통하리라. 또 윷이 나오면 목성을 조심해야 한다면서 오늘은 동대문장을 피하고 중앙시장으로 가시겠다는 것이다.

점괘가 아주 나쁠 때는 내 나름대로 꾸며서 슬쩍 좋은 점괘를 골라 읽어 드린다. 초목이 가뭄에 비를 만나니 소생하도다. 석달 가뭄 뒤에 비가 오니 용이 승천할 괘로다. 거짓으로 읽어 드린다.

죄책감은 안 느끼고, 오히려 흐뭇했다. 어머니의 마음을 편하게 하기 위해 본의 아닌 거짓말이기 때문이다.

"오늘은 장사가 잘 되겠다" 하며 기분 좋게 서둘러 장으로 가신다.

공교롭게도 그날 따라 장사가 잘 됐는지 만면에 희색이 되어 들어오신다.

이토록 시집 올 때 가져온 육계책은 어머니에게는 마음의 안식처이고, 모진 세월의 반려자이며, 인생 계급장이었던 것이다. 오랜 세월 어머니 점괘를 보느라 누렇게 바래고 귀퉁이가 찢어져 볼품은 없지만 집안의 귀중품 일호가 됐고, 어머니가 훗날 장사하는 데 정신적 지주로 한 몫 했던 것이다.

오남매의 차녀로 태어난 어머니는 어려서부터 총명하셨다. 외할머니께서 들에서 일하는 일꾼들이 몇 분이나 되나 알아오

라고 하시면 밭이랑 끝에서 나뭇가지를 꺾어 일꾼들 머릿수대
로 숫자를 맞추는 등 깜빡 재치를 부려 외할머니의 사랑을 독
차지하셨다고 한다.

비록 신식교육은 못 받으셨지만 오라버니의 도움으로 한글
을 깨우치시고 웬만한 한문도 알아 신문을 보시고 전화도 척척
거셨다.

신식공부가 하고 싶어 오빠한테 공부를 배우면, "요 배라 먹
을 년이! 공부는 무슨 놈의 공부냐. 오라버니의 공부 혼을 다
빼앗는다"고 외할아버지한테 야단을 엄청 맞으셨다.

아들을 선호하시는 외할아버지에 게는 딸은 그저 딸이었다.
여느 아버지와 마찬가지로 외할아버지도 유교적 봉건세습에
젖은 권위적 가부장이었다.

그래도 어머니는 배우고 싶은 집념은 강하셨다. 외할아버지
몰래 오라버니의 도움으로 어깨너머로 공부를 하셨다. 결국 도
둑 공부를 하다시피 하여 한글을 떼셨던 것이다.

독서열도 강해서 『장화홍련전』, 『심청전』, 『아랑전』 등 우리
나라 고전 소설은 거의 다 탐독하시었다.

이것이 기반이 되어 『토정비결』 책을 펴놓고 사주까지 보셨
던 것이다.

그런데 제대하고 보니 육계책이 보이질 않는 것이다. 요즘은
눈이 침침해져 잘 보이지가 않아 화투로 오관을 떼고 있다고
하신다.

아무렇지 않게 말씀하시지만, 그 옛날 육계책을 생각하시며

주름진 노안에는 이슬이 비친다.

　밤새 뒤척이는 나를 어머니는 짐짓 모르는 체하시지만 당신도 울고 계셨다.

　오랜 세월이 흘렀건만 지금도 장엘 나가신다. 제발 나가시지 말라고 해도 고집스럽게 나가신다. 집안에만 있으면 더 몸이 찌뿌듯하여 몸살이 날 지경라고 운동 삼아 나가시는 데는 아무도 못 말린다.

　지독히 속만 썩힌 지난 일을 생각하면 그저 죄송할 뿐이다.

　구만리 창천에 그리운 어머니…….

인천공항에서

❦❦❦❦❦ 가끔 가는 고국이라 친척들 작별인사 받기도 번거로워 가까운 집안 어른들에게만 하직 인사를 하고 곧바로 공항으로 출발했다. 시간보다 조금 일찍 나와서 그런지 별로 승객이 많지 않았다. 공항 대합실에서 무료한 시간을 보내고 있는데, "아저씨?" 누가 뒤에서 부르는 것이었다.

멈칫 서서 뒤를 돌아보니 어린 여학생이 "화장실 좀 다녀오게 짐 좀 보아주세요?"하며 뒤도 안 돌아보고 저만치 달려가고 있었다. 나의 의사도 묻지 않고 당연히 보아줄 거라 생각했는지 내 앞으로 짐까지 몰아놓고 말이다. 난 학생이 하는 대로 짐을 맡아 놓곤 얼른 다녀오라고 고개로 대답을 했지만, 이미 학생은 보이지 않았다.

얼마 만에 돌아온 학생은 이번엔 전화 좀 하겠다고 한다. 미안한 마음이 들었던지 쌩긋 웃는 모습이 무척 천진스럽고 애교가 넘친다. 나도 엷은 미소로 답례를 했다. 얼마 후 돌아온 학생에게, "학생? 내가 짐을 가지고 도망가면 어쩌려고 함부로 짐을 맡기는 거야?" 묻자 학생의 대답이 나를 기쁘게 하였다.

"천만에요. 아저씨 얼굴에는 그런 모습이 전혀 쓰여 있지 않거든요?"하고 호호 웃는다. 난 학생이 나를 믿어주는 것이 대견해 학생에 대해 좀 더 알고 싶은 생각이 들어 신상명세 파악하듯 캐나다에 온 동기를 물었다. 학생의 말은 끔찍했다.

캐나다에 유학 온 지 삼년이 되었다고 한다. 방학을 이용해 집에 다니러 왔고 대학을 졸업해야 귀국을 할 수가 있단다. 이것은 엄마의 명령이라면서 혼자서 하숙을 하고 있는데 너무도 힘들다는 것이다. 어린 학생의 말을 듣자 난 불현듯 그 부모가 미워지며 어떤 인물인지 보고 싶은 충동을 느꼈다.

솜털도 안 벗은 어린 자식을 머나먼 타국에 보낸 부모가 냉혈동물처럼 느껴졌기 때문이다. 출세만 하면 자식은 아무렇게 돼도 상관없다는 부모의 허영에 모멸감까지 느껴지며, 부모 자식간에 따뜻함이 결여된 비정함에 씁쓸한 기분이 든다. 비단 이 학생에게만 국한된 것만이 아니다. 요즘 만연된 유학가정의 참모습이 이런 것이다.

그 소리를 들으면서 주변에 있던 일이 떠오른다. 유난히 자식자랑을 심하게 하는 엄마가 있다. 유학 온 지가 10년째 되었고 지금 하는 일은 옷을 수선하고 있다. 원래의 전공은 디자이너였는데 어영부영하다가 전공을 살리지 못하고 세탁소 디포를 하게 되었다고 한다.

집에 가려 해도 엄마가 동네방네로 다니며 내 자식 캐나다 가서 박사 되었다고 자랑을 해서 가고 싶어도 못 간다는 것이다. 너는 그냥 그 자리에서 자리만 지키고 있어도 된다는 것이다. 돈은 부쳐 줄 테니까 걱정하지 말라며…….

문제는 부모들에게만 있는 것도 아니다. 요즘 유학생들을 보면 공부를 하러 온 건지 관광을 왔는지 모를 정도로 자유분망하다. 집에서는 남에게 질세라 뼈빠지게 벌어 돈을 부쳐 주면 하룻밤 유흥비로 탕진한다는 말이 어제 오늘의 일은 아니다.

남이 장에 가면 할 일 없이 쫓아가는 것과 마찬가지로 쓰레기 지워 유학을 보내는 것은 큰 병폐다. 유학 와서 성공할 수 있는 유학생을 굳이 꼽는다면 정부 공인公認 자격을 갖춘 학생, 확실하게 연고가 있는 학생, 그 외에 유학 오는 학생들은 탈선할 수 있는 가능성이 많기 때문에 부모님들의 각별한 주의가 필요하다. 막연히 동경해 유학을 보내는 사고방식은 매우 위험 천만한 일이다. 생각을 접기 바란다. 특히 유학생을 다루는 유학원의 직업의식에 분별없이 마구잡이 유학생을 모집하는 것은 삼가하길 바라고, 관계기관의 계몽과 홍보가 요망된다.

나라를 짊어지고 갈 젊은이들이 멀리 타국에서 이토록 부평초처럼 헤매고 있는 모습은 딱하다. 동포 사회는 이들을 내 자식처럼 보살피고 보호해 주는 것도 우리 동포 사회의 사명이다. 그래야 우리도 고국에 가면 할 말이 있지 않을까? 국가의 존망存亡이 걸려 있는 일이기에 더욱 보살핌이 필요할 때다.

이민

❖❖❖❖❖ 내가 캐나다에 이민을 온 동기는 파란만장했다.

'이민 오는 데 파란만장할 것까지야 뭐가 있느냐' 할 독자들도 있을 줄 모르나 나만이 지니는 수식어다. 현실에 적응하지 못하는 편협 때문에 도피했다고나 할까? 전혀 예기치 않던 엉뚱한 마음에서 이민을 오게 되었으니 말이다.

젊은 혈기로 경솔히 허둥대다 한 순간에 나의 운명이 바뀌고 만 것이다. 아니 바뀐 것이 아니라 어쩌면 나의 팔자라는 것이 정확한 표현이다. 그렇다고 후회한 적은 한 번도 없다.

동숭동 대학로는 예술의 전당이다. 모든 문화행사들은 거의 이곳에서 치러진다. 난 그때 월간지 『샘터』의 회원이었고, 가끔 글을 싣기도 하였다.

근거리에는 방송통신대학이 있고, 얼마 떨어지지 않은 곳에는 해외개발공사가 있었다. 지금은 국제협력단으로 바뀌었는데 당시 원고를 가지고 그 앞을 지나다 보니 자연 교재를 얻기가 수월하여 공부를 할 기회를 얻었다. 나름대로 테스트를 하여 답안지에 맞추어 보면 다른 과목은 무난했는데 영어에서 번번이 떨어졌다.

공교롭게도 5촌 조카가 그곳 국제협력단에 근무하고 있었다. 실의에 빠진 나의 머릿속에 문득 떠오르는 것이 있었다.

'그래! 나라고 못 갈게 없지!'

영어교재를 가지고 망설이다 무조건 조카 사무실을 쳐들어갔다. 의외의 방문에 조카는 놀라는 기색이었다. 그 때나 지금이나 학부형들은 자식들 영어를 가르치지 못해 안달이 나 있을 때다.

쓰레기식으로 마구잡이로 유학을 보낼 때니까 나의 생각도 여기에 한 몫 했던 것이다. 거두절미하고 조카에게 캐나다가 좋다는데 어떠냐고 따지듯 물었다. 당숙의 갑작스런 질문에 당황했던지 조카의 얼굴은 조금 긴장되어 있었다.

어린 시절 집안의 큰 일 때 모이면 장난이 심하다고 야단을 치던 녀석이 어엿한 직장인이 되어 내가 부탁하는 입장이 되었으니 믿음직스럽고 든든했다. 야단치던 생각에 야릇한 감정이 들었는데, 조카도 같은 생각을 하였던지 의미심장하게 빙긋 웃는 모습에서 함축성이 배어난다.

"이민 가시려고요?"

"조건만 좋으면 못 갈 것도 없지."

아직도 영어에 대한 적개심은 뇌리를 지근대고 있었다. 그것은 일종의 반항이었다. 자초지종을 이야기하고 이민 갈 뜻을 밝히자 미처 애기할 사이도 없이 담당부서로 전화를 해 결정을 해 버린다.

주객이 전도되었다고나 할까? 오히려 조카가 더 서두르며 묻지도 않은 말을 한다. 요즘은 옛날과 달라 많은 사람들이 이민을 간다고 한다.

예전 같으면 고국을 한 번 떠나면 오기가 힘들어 향수병에 시달렸지만 지금은 세계가 일일생활권이라 아침에 워싱턴을 떠나오면 서울에서 점심을 먹는 시대가 도래되니까 아이들 교육을 생각해서라도 한 번쯤 생각해 보라는 것이다.

마침 6월 15일에 캐나다 가는 현지팀이 있는데 그들에 묻어가면 관광을 가는 것보다 경비가 저렴하니 겸사겸사 다녀오라며 말하는 폼이 아주 숙련된 가이드 같았다.

속이 상해 앞뒤 가리지 않고 몇 마디 한 것을 당숙의 입장은 생각지도 않고 직업의식만 가지고 일사천리로 결정해 버리는 조카의 행위가 야속하지만 기왕 엎지러진 물 될 대로 되라고 내버려 두었다.

현지답사를 한다고 꼭 가는 것은 아니니까 바람도 쏘일 겸 다녀오라며 부연설명까지 한다. 그렇게 떠밀리다시피 현지를 답사한 것이 계기가 되어 이민을 하고 말았던 것이다.

6월 달의 캐나다 날씨가 얼마나 화려한가! 하늘에는 뭉게구름이 너울거리고, 끝없이 펼쳐지는 푸른 초원들 도심은 인간과 동물들이 서로 어우러져 조화를 이루고 생기발랄한 목축들 숨

소리는 활력이 넘친다. 압축된 우리나라 도심에 비하면 숨통이
확 트인다.

　일목요연한 진풍경들로 동화 속에서나 봄직한 별천지에 반
해 이민을 결정하게 된 것이고, 한 곳에 정착하지 못하는 방랑
기는 결국 캐나다를 제2의 고국으로 만들고 말았다. 아직도 원
흉(영어)은 잡지 못하고…….

일본의 교활함

♣♣♣♣♣ 8.15 광복절이 또 다시 다가왔다. 일본이 항복함으로 해서 '카이로'에서 일본을 분할통치할 것을, 미국, 영국, 타이완 정상들이 합의를 보고 '포츠담'에서 선언을 하였다. 그런데 유독 타이완의 '장제스(장개석)'만이 일본의 분할통치를 반대하며 자체 통일시키자고 했다.

원인을 따지자면 피해가 가장 컸던 장제스 타이완 총통이 더 강경하게 나올 일인데 오히려 일본을 두둔하고 나선 것이다. '장제스'의 반대에 부닥친 삼국 정상들은 아무 소리를 못했다. 그럴 수밖에 없었던 것은 전쟁에서 가장 큰 피해를 본 나라가 타이완이었다.

당사국이 이렇게 나오는 데에야 각국 정상들이 무슨 말을 하겠는가? 비록 전쟁에서는 패했어도 그의 위치는 열강의 대열에서 그만큼 막강한 거두였던 것이다.

피해국으로 말한다면 단연 한반도다. 당시 조선의 형편은 사분오열四分五裂 되어 있어서 회담에 참석할 만한 인물이 없었고, 발언권조차도 없어 열강들의 처분만 바라볼 수밖에 없었던 것이 우리의 조정이었다.

장제스의 반대로 일제가 분할통치 당하는 고비는 넘겼지만, 전쟁 원흉인 일제는 피해 대상국인 타이완에게 2년여에 걸쳐서 2억 달러를 주기로 조인을 하였다. 전쟁으로 인해 폐허가 된 복구비의 변상이었다.

허나 패망한 나라가 돈이 있겠는가? 최후의 방법으로 일제는 고관대작서부터 서민에 이르기까지 미군을 상대로 돈을 벌어 모았던 것이다. 돈벌이가 되는 일이라면 미군들 발바닥을 핥아 먹는 것도 서슴치 않았다. 심지어 고관 부인들까지 미군을 상대로 매춘행위를 했다는 설도 있다.

이렇듯 일본인들은 자국을 위한 단결심은 세계가 부러워할 정도로 강했고, 자신을 초개같이 버렸던 것이다.

약속한 날짜에 장 총통을 불러 약정금을 전하자 역시 장 총통은 대인이었다. 한 마디로 거절하며 너의 나라 후생사업에 쓰라며 일전 한 푼도 안 받아갔던 것이다.

그 후 일제는 어떻게 했다는 것을 아는 사람은 별로 없다. 당시의 타이완 인구는 고작 2천만 명, 중국은 10억 명, 볼펜 한 자루를 팔아도 타이완에게는 2천만 개, 중국에게는 10억 개! 상계에서 훨씬 못 미치는 엄청난 손익계산이 난다. 생각이 여기에 미치자 장사치의 근성을 못 버린 일제는 은인의 나라(타이완)를 하루아침에 배신하고 중국으로 붙어 버린 것이다.

그뿐인가! 자기 이익에는 일전도 손해를 안 보려는 것이 일본인들의 얍삽한 근성이다. 태평양전쟁을 일으켜 패망할 때까지 미군에 포로로 당한 일본군은 20만 명이나 됐다. 일제는 피해자들을 속속들이 색출하여 미국으로부터 자국(일본)군 포로 피해보상을 15만 엔에서부터 20만 엔까지 알토란같이 받아먹었던 것이다.

이토록 자기들의 이속은 악착같이 챙기면서 우리에게 가했던 정신대 문제, 동양척식 수탈 등등, 수많은 문제들을 철저히 외면하며 나는 모르는 일이라고 배째라는 식으로 나오고 있다.

오히려 독도도 자기네 땅이라고 생트집을 부리지 않는가! 결과론이지만, 그때 장 총통이 삼국 정상들의 말을 들어 일제를 분할 통치하였더라면, 한반도가 6.25 동란에 의한 동족상잔의 비극도 없었을 터이고, 반쪽이 나지도 않았을 것이다. 생각할수록 '장 총통'에 대한 존경심이 멀어진다.

지난해(2007년) 299억 달러였던 일본과의 무역적자는 올해 사상 처음으로 300억 달러를 돌파했다고 한다. 2001년 101억 달러였던 대일무역 적자가 7년만에 세 배 이상으로 확대된 것이다.

어설픈 비약이지만 일제가 타이완에 가했던 잔머리에 우리도 당하는 느낌이 든다. 한시도 마음 놓아서는 안 된다.

지성인

♣♣♣♣♣ "아무개는 달걀을 훔쳤대지 뭐유?"

"그래요? 그 양반 그렇게 안 봤는데……."

또 몇 사람 입에 오르내리더니, "아! 글쎄 그 사람이 병아리를 훔쳤대지 뭐유?"

"네에? 아! 그 사람 그렇게 안 봤는데, 정말 형편없는 사람이네요?"

또 몇 사람 입초사에 오르내리더니, "아 글쎄. 그 사람이 닭을 훔쳐대지 뭐유? 세상에나, 맙소사. 정말 죽일 사람이네!"

이쯤 되면 그 사람은 천하의 몹쓸 인간이 되어 버리고 만다.

비슷한 예를 하나 더 들어보자. 높은 산에서 눈이 오면 처음에는 눈꽃 송이가 피면서 천지를 아름답게 만든다.

그러다 그 눈송이가 점점 쌓이고 사태가 나 아래로 흘러 내리면 거대한 바위덩어리로 돌변하면서 민가를 덮치며 많은 인명피해를 준다.

인간사도 이와 다를 바 없다. 기분 나는 대로 한 말 한 마디가 당하는 입장에서는 이 눈송이와 같이 부풀어져 상처를 안게 되는 것이다.

언제부터인가 우리는 호남과 경남으로 갈리어 지역감정으로 싸우고 있다. '호남이 나쁘니, 경남이 나쁘니' 하며 서로 책임을 전가하며 열을 올린다.

그 쪽 사람들이야 원래 골수에 파 묻혀 한이 되어 그렇다 치더라도, 그들 말에 현혹되어 실제 쓴 커피 한 잔 그들과 마시지도 않고 그들을 비방하고 중상모략하는 것은 사회를 혼탁하게 만드는 원인이다.

지성인이라면 어느 쪽에 치우치지 않고 양쪽의 입장에서 평가를 해야 한다. 살인자도 열 중에 하나는 이유가 있고, 성인군자도 열에 하나는 흠이 있게 마련이다. 성인군자의 말만 듣고 상대방을 매도해서도 안 되고, 파락호락해서 그 사람의 말을 무시해 버려도 안 된다.

우리는 대화로써 상대방과 마음을 통해 보려 한다. 상대방과의 사이에 숱한 말이 오고가더라도 어쩐 일인지 마음이 서로 통하는 일은 드문 것 같다.

상대방의 심리 상태를 파악하는 데 장애가 되는 것은 무엇일까? 이러한 일련의 장애를 제거하려면 어떻게 하여야 할까. 여기에는 두 가지 원인이 있다.

그 하나는 내가 한 사람의 인간이고, 상대방은 인간이라는 사실을 잊어 버렸기 때문이다. 사람이 만들어낸 로봇(인조인간)을 상대로 말을 한다면 문제가 없다. 상대가 로봇이라면 이쪽 의사를 아무 거리낌 없이 받아들여 실천에 옮길 것이다.

로봇에게는 우리의 의사를 받아들이는 개성 역시 없기 때문이다. 또 감정을 가지고 있지도 않으며, 좋고 싫은 것을 알지 못하기 때문이다.

그래서 그 로봇 사이에서는 지켜야 할 비밀도 없을 뿐더러 만족시켜 주어야만 할 자아 따위도 없다.

그러나 우리의 인간은 기계가 아니기 때문에 활발한 내면생활을 영위하고 있는 것이다. 그래서 갖가지 감정이 각자의 표현으로 나타나기 마련이고, 때로는 남과의 싸움을 바라기도 하는 것이다.

또한 무의식 중에 가끔 세상에 대한 그릇된 관념을 가지고 쉽게 자기는 도리에 어긋나지 않았다는 생각을 하는데, 실제적으로는 비현실적인 행동이나 태도를 취하기가 쉽다. 이렇게 사람들의 내면세계에는 해결해야 할 문제가 많은 것이다.

우리들의 내부 세계에는 이러한 무의식 중에 생겨나기 마련인 문제를 해결하려는 지성인이 있는가 하면, 내 의견에만 초점을 맞추려는 사람들로 인해 문제가 되는 예도 허다하다.

예를 들어, 어떻게 하면 모두 나의 의견에 찬동할까? 선량한 사람이 되기 위해서는 어떻게 해야 할 것인가. 상처를 입거나 말거나 살기 위해서는 어떻게 하여야 할까? 내가 바라는 쾌락을 누리기 위해서는 어떻게 하면 될까? 힘을 키우기 위해서 어떻게 하면 좋을까? 등의 문제가 있을 것이다.

우리들의 지성은 매일의 업무를 처리하고, 동료와 사귀며 우정을 나누고, 자식들을 양육한다는 등의 현실적인 일에 대처하는 한편, 앞에서 말한 문제로 해서 번민하게 되는 것이다.

이성적으로 문제를 냉철하게 토의를 해 보려고 해도, 자신을 내세우고 싶은 욕구 때문에 자화자찬의 말이나 서투른 표현이나, 빈정대는 말을 늘어놓기가 쉽다. 무의식 중에 한 말이 논리적 사고방식이나 말하는 힘이 둔화되어 토의의 본래의 모습이 모호하게 되어 버리기 때문이다.

조상 탓 좀 해 보자

❖❖❖❖❖ 독도 문제로 작금의 한국정세가 말이 아니다. 촛불시위라도 하고 싶지만 오히려 일본의 위상만 살려주는 모양새가 되고, 그냥 있자니 이 역시 일본을 돕는 꼴이니 이도 저도 할 수가 없어, 그야말로 진퇴유곡이다. 독도를 주권 미지정지역으로 처리하려던 미국의회에 부시가 제동을 걸어, 원상회복이 되어 일단락은 됐지만, 금쪽 같은 우리의 독도를 '록스' 로 둔갑시켜 두리뭉실하게 넘어갈 뻔했다.

철옹성 같던 미국이 자물쇠를 풀은 것을 보면 부시가 한국에 오는 조건으로 큼직한 보따리를 받지 않았나 하는 의구심이 든다. 안심은 되지만 미봉책에 불과해 언제고 재점화될 수 있는 불씨는 여전히 남아 있다.

또한 일본과도 사전 조율이 있었던 것 같은 개연성을 배제할 수가 없다. 마치 세 나라가 짜고 치는 고스톱 같다. 자국의 이익에는 한 치도 손해를 안 보려는 미국과 일본이다.

모처럼만에 얻은 호기를 놓칠 리가 있겠는가? 일거양득의 이속을 챙기자는 그들의 검은 속셈이 엿보인다.

울어도 시원치 않을 판에 멀쩡한 우리의 영토를 가지고 생색을 내는 미국의 배려 아닌 배려에 고마워 하여야 하는 우리의 허약한 모습이 개탄스럽다. 언제까지 미국에게 의지를 하여야 하는지 약소국가 비운이 서럽다.

어차피 미국에 의지할 바에야 확실하게 챙겨야겠다. 임기가 얼마 남지 않은 부시다. 교활한 일본의 물량공세에 언제 침공당하여 돌변할지 모르는 것이 미국이다.

이참에 엄청난 경제 희생을 치르더라도 일본인들 입에서 독도 소리가 다시는 불거지지 않게 확실하게 서명을 받아야 한다. 요컨대 어떠한 대가를 치러서라도 부시한테 반드시 조인을 받아야 할 것이다.

이토록 일본과 미국에게는 굴욕적이면서 같은 민족인 북한과의 첨예한 대립은 크나큰 모순이다. 역사적으로 조선시대부터 한국인은 강한 자에게 약하고 약한 자에게 강했다.

이런 고질적 특성이 고쳐지지 않는 한 파벌 싸움은 끝없이 이어질 것이다.

정부가 무슨 동네 북인가? 독도까지 정부의 책임으로 전가하는 것은 잘못이다. 대대로 문제시 되어 온 독도를 현정부에 결부시키는 것은 가뜩이나 곤경에 처해 있는 정부에게 가혹한 형벌이다.

국회의원 행태는 더욱 가관이다. 일본과 미국에 항의 성명 하나 내지 못하고, 고작 외교통상부 질책이나 문책을 하며 옷을 벗길 궁리만 하고 있으니, 이게 책임자 문책으로 해결될 일인가? 남의 옷 벗길 생각하지 말고, 그대들 옷이나 먼저 벗으시라……

잘 되면 내 덕이고 못 되면 조상 탓이라고 했던가. 조상의 잘못을 음미해 볼 필요가 있다.

일본은 36년간 한반도를 무력통치하여 시나브로 독도를 저희들 영토라고 세계로 홍보하여 왔다.

그동안 우리 조상들은 무엇을 했나. 당파 싸움으로 조정은 부패되고 탐관오리들은 사리사욕에만 혈안이 되어 있었으니 나라꼴이 제대로 되었겠는가?

위정자들이 뒤늦게 깨달았을 때는 이미 일본은 저만치 가고 있었던 것이다.

친일파들이 득실거리고 핍박과 질곡 속에 당시의 대한제국은 독도를 챙기기엔 허약했다. 위정자들의 고충은 인정을 하지만 독도를 챙기려고 노력해 본 흔적은 어디에도 없다. 고작 꺼져가는 등불 가물거리듯 몇 분들의 숨결만 남아 있을 뿐이다. 고로, 그 영향이 유산으로 남아 후손들이 괴로움을 당하고 있기 때문에 조상을 원망하게 되는 것이다.

그 틈새를 비집고 들어와 자기네 영토라고 생트집을 하는 일본이다. 백주 대낮에 날강도도 유분수지, 이런 극악무도한 후안무치들을 하늘이 결코 용서치 않을 것이다.

북한과 미국이 교류하고 있는 것을 감안한다면 우리도 러시아와 손잡는 것도 생각해 보자.

이번 금강산 관광객을 살해한 북한의 만행은 추호도 용서할 수 없는 일이지만, 제대로 된 항의 성명 하나 발표 못하는 통일부나 외교통상부의 책임도 적지 않다.

설상가상, 중국 언론에서 난데없이 '이어도'가 흘러 나오더니 또 다른 영토문제로 도마 위에 올랐다.

내일은 또 무얼까? '동북공정'이 아닐까? 불안의 연속이다.

광복의 달이 너무도 차다.

증권은 가위 바위 보

♣♣♣♣♣ "구관이 명관이라는 속담이 있듯이, 그래도 노무현 때가 좋았지……."

"무슨 소리야? 그래도 이명박 대통령이 해박한 실물경제를 내세워 잘 하고 있지 않는가?"

"아! 이 양반들아, 세계 경제가 안 좋아서 그런 것을 어째서 대통령을 원망하는가?"

자기가 산 주식이 신통치가 않다고 대통령들을 탓하며 한쪽 구석에서 주고 받는 늙은 남자들의 잡담이다.

"에요! 또 떨어졌네. 왜 내 것만 떨어지는 거야? 재수 없는 사람은 뒤로 자빠져도 코가 깨진다더니 웬수 같은 영감테기 꼴 보기가 지겨워."

일찌감치 증권가 객장을 차고 앉아 자기가 산 주식이 떨어진다고 호들갑떠는 아주머니의 한숨 섞인 푸념이다.

“에요! 또 올라가네.”

자기가 산 주식이 자꾸만 떨어져서 더 손해를 보기 전에 팔았더니 반대로 올라가 자기 주식만 가지고 농간을 부리는 것 같다고 아우성치는 아주머니들의 잡담 역시 향기롭지 못하다.

‘떨어져라’, ‘올라가라’ 하며 희비가 엇갈리는 것이 증권가의 매력이다.

이곳에서 떠도는 속어들을 일일이 나열하면 한 권의 소설책으로 엮을 정도로 난무하다.

증권은 사는 날부터 종잇장에 불과하다. 그런데도 죽기 살기로 사겠다는 것은 국가적 흥행이고, 정부 차원에서 인정해 주는 오락이기 때문에 안심하고 할 수가 있는 것이다.

증권 투자를 하는 사람들도 다양하다.

사채를 내는 사람들, 싼 은행 이자로 집을 담보 잡혀 하는 사람들, 퇴직금을 타서 하는 사람이 있는가 하면, 친구의 꼬임에 빠져 손을 대었다가 하루아침에 재산을 탕진하고 패가망신을 하는 일도 종종 생긴다.

어느 오락 못지않게 흥미로워 한 번 발을 들여놓으면 좀체 헤어나기가 쉽지 않다.

어영부영하다간 뚝 건달로 전락하여 증권회사가 평생 직장 아닌 직장이 되어, 자기가 갖춘 전문지식이 물거품이 되어 버리는 예가 허다하다.

나도 캐나다로 이민 오기 전에 오천만원을 증권투자로 잃고는 홧김에 뭐 하듯 이민 온 것에 일조했다.

그 당시 오천만원이면 지금의 오억원 정도는 호가한다.

증권은 제비 뽑기 같은 가위, 바위, 보다. 상대방이 가위를 낼 때 우물을 내면 딸 수 있는 행운도 따른다. 너무 깊게 생각하거나 쉽게 생각해도 안 되고, 항상 신중해야 한다. 자칫 잘못했다간 자기 꾀에 자기가 넘어 가듯 한 순간에 막대한 손해를 볼 수가 있기 때문이다.

한탕만 잘하면 수지맞는 장사지만 경솔히 허둥대다간 베짱이 눈물만큼 찔끔거린다. 하루에도 몇 백 몇 천을 잃고는 '방성대곡'을 하는 것도 증권가에서 흔히 볼 수 있는 일이다. 이것이 이른바 개미군단이다.

몇년 만에 찾은 증권가는 기복이 많았다.

십여 년이 지났건만 아직도 그 자리엔 백발이 성성한 낯익은 얼굴들이 반긴다.

몸은 비록 늙었어도 증권판을 노리는 패기는 옛날이나 지금이나 변함없이 백동빛이 난다. 눈동자만큼은 세월을 망각한 듯하다.

운수가 좋은 날은 몇 천만 원을 거머쥐곤 신촌 일대를 주름잡던 옛 친구들의 멀건 대머리를 보니 세월의 무상함에 마음이 찡하여 온다.

민 여사의 몰락은 가슴이 아프다. 지점장으로 계시던 시아버지 퇴직금에 남편 퇴직금과 저축하여 두었던 전 재산을 증권에서 잃고는 주객이 전도되어 전세 살던 사람에게 집을 내주고 월세로 살다가 끝내는 밖으로 내몰렸다는 그녀의 소식은 만감이 교차되게 한다.

결국 빚쟁이들에게 쪼들려 배겨나지 못하고 증권 객장에서 내 돈 내놓지 않으면 죽어버린다고 쥐약을 들고 생난리를 쳐서 얼마를 찾았다지만 잃어버린 액수에는 태평양의 오줌이다.

유난이 손이 크고 씀씀이가 헤펐던 그녀는 증권가에서는 소문난 여걸이었다. 주위의 충고와 증권가의 술렁임을 무시해 버린 그녀의 객기가 안타까울 뿐이다.

모든 것을 잃은 그녀에게 잔인한 소리지만 지나친 과욕이 그녀로 하여금 사필귀정의 무덤을 스스로가 만들게 했던 것 같다.

지리산의 고로쇠 물

❖❖❖❖❖ 몇 해 전 한국에 나갔을 때 일이다. 우연한 기회에 뜻밖의 장소에서 관광에 대한 정보를 얻었다. 바로 옆자리 승객들의 이야기가 자연스럽게 귀에 들어와 밑천이 안 드는 동냥을 하게 된 것이다. 여행을 가고 싶어도 아는 곳이 없어 신문이나 홍보물을 뒤지는 때라서 마침 그들이 주고 받는 말에 귀가 번쩍 뜨였다.

매일 아침 잠실 롯데월드 앞 너구리 공원에서 관광차들이 출발을 한다. 2호선은 서울 시내를 순환하는 지하철이다. 동서남북 아무데서고 2호선을 타고 잠실역에서 내려 너구리 공원만 찾으면 관광버스들이 즐비하게 늘어서 있다. 즉석에서 안내양에게 목적지를 애기하면 쉽게 예약을 할 수가 있다. 굳이 신문 광고를 찾는 수고를 안 해도 된다.

예약한 손님이 피치 못할 사정으로 못가는 경우가 종종 생겨 관광차마다 보통 5~6 자리는 늘 비우고 다닌다고 한다. 그 틈새를 빈대 붙어, 동일한 대접을 받으며 즐겁게 여행을 할 수가 있고, 생면부지의 사람들과 만나 친구가 되는 것도 관광동안에 얻는 큰 수확이다.

자목련이 수줍어 봉오리를 봉긋이 벌릴 때면 지리산 천왕봉은 고로쇠 물을 사러 가는 사람들로 붐빈다. 나 역시 이런 행운을 얻어 여행객 틈에 끼어 지리산에 갈 수가 있었다.

창밖으로 비쳐지는 산야는 그 옛날 한국의 얼굴이 아니었다. 한반도의 주축이 되는 백두대간은 마구잡이 개발로 동강이 난 지 오래 됐고, 야산까지 침투하여 지은 아파트는 운무雲霧 속에 검버섯 피어오르듯 빠끔히 머리만 드러내고 있다. 언뜻언뜻 시야로 들어오는 비닐하우스도 중국 농산물에 침투하여 기존의 농작물을 잠식하고 있다.

삼부능선에 자리잡은 묘지들은 온갖 석물石物로 치장하여 땅한 평 없어 화장장으로 가는 빈곤층의 원성이 크다. 거대한 봉분은 공기돌만한 땅덩어리를 침범하여 위용을 과시하고, 조상을 잘 섬겨야 대대손손 삼정승 육판서가 나온다는 고루한 고정관념적 유교사상에 모멸감이 느껴진다. 자고 나면 변하는 우리들의 생활양식에 비해 유독 매장埋葬 문제에서만 옛날 그대로 안주되어 있는 것이 현실에 동떨어진 모순이며, 추악한 이기심이 부른 권력자들의 부산물이다.

어정칠월 한여름, 냇가에서 개헤엄치며 자맥질을 하다 갈증이 나면 못된 장난끼가 발동한다. 할아버지가 주무시는 원두막

밑으로 몰래 숨어 들어가 사다리를 떼어놓곤 마음대로 참외밭을 누빈다. 그때의 개구리참외 맛은 왜 그리도 맛이 있었던지…….

할아버지가 잠에서 깨어나 목침을 두드리며, '저! 저! 참외 도둑놈 잡으라'고 소리소리 지르면 꽁지가 빠지게 도망하던 시절을 회상하는데, 어느덧 차는 지리산 천왕봉에 도착을 하고 있었다. 만신창이가 된 국토를 보며 마음은 우울했지만 그나마 다행스러운 것은 망각했던 추억을 잠시나마 반추할 수가 있던 순간이 위안이라면 위안이었다.

입구에는 고로쇠 물을 파는 아주머니들이 줄지어 앉아 있다 손님을 하나라도 더 잡으려고 안간힘들이다. 한국의 주부들은 보약이라면 사족을 못 쓴다. 목적이 고로쇠 물이었기 때문에 구경은 뒷전이다. 한 병이 만오천 원인데 서로 시샘을 하며 사는 바람에 금방 고로쇠 물이 동이 나고 말았다.

아주머니들은 낙양차를 얻은 것 이상으로 마음들이 들떠 있는데, 기사 왈, "맹물예요! 맹물. 고로쇠 물은 태평양의 오줌 정도도 안 돼요. 지리산 고로쇠나무를 다 짜내어도 한 통도 안 나온답니다."

기사가 조소하듯 혼자 해해댄다.

순간 차 안은 벌집을 건드린 것처럼 소란스러워졌다. 잔뜩 기대를 걸고 샀는데 기사가 초를 친 것이다. 소주잔을 돌리던 아주머니들의 술기운이 폭발했다. 기사한테 삿대질을 하며, "기사가 뭐하는 거냐? 여행 도중에 일어나는 문제는 기사의 책임인데, 알고 있었으면 사전에 귀띔이라도 했어야 되지 않느냐? 우리가 비싼 돈 들여서 온 것은 고로쇠 물을 사기 위해서 온 거야? 구경이고 무어고 다 집어치우고 집으로 갈 테니 손해 배상을 하라”는 바람에 기사가 혼쭐이 났다.

후에 안 일이지만 출발하기 전에 기사에게 미리 팁을 주어야 했다. 그것이 규칙은 아니지만 관광객의 아량이다. 통상적인 전례를 어긴 관광객들의 선심이 기사에게는 불만이었던 것이다. 관광객은 째째하지가 않다. 기분만 맞추어 주면 만사가 해결되는데 기사가 여행자를 다루는 능력이 부족한 것 같다. 기사가 사과를 하는데도 막무가내다.

“기사 양반 여행 처음 해! 아무 때 주면 되지. 꼭! 출발할 때 주라는 법이라도 있는 거야?”

술이 거나한 아주머니는 문제의 핵심은 뒷전이고 아예 술주정으로 변한 것이다. 너무 떠드는 바람에 기사에게로 쏠렸던 화살이 아주머니에게로 돌아섰다. 여러 사람의 제지로 평온은 찾았지만 참으로 재미 없는 기사였고, 재미난 아주머니들이었다. 반강제로 퍼붓는 술에 취해 나 캐나다 촌놈이 흥미 있는 여행을 했으니, 이 아니 즐거우랴…….

지하수가 약수다

♣♣♣♣♣ 문명의 발달 여파로 지구가 급속히 병들어 가고 있다. 어제 오늘 이야기가 아니다.

온실 가스에서 뿜어 나오는 이산화탄소와 매연들이 주범이다. 대기권 속에서 떠돌던 오염된 물질들은 태양의 열을 받아 북극으로 팽창되며 빙하를 녹아내리게 하는 것이다. 이대로 방치하면 수년 내에 지구 일부가 수장된다고 한다.

상하이, 일본, 노르웨이, 수위가 낮은 지역은 말할 것 없거니와 남태평양 작은 섬들까지도 물 속에 잠길 수 있다는 것이다.

도쿄의 정서 녹색연합의 증언이다. 그냥 흘러 넘길 수 없는 섬뜩한 얘기다.

끔찍한 일이 아닐 수 없다. 단적으로 말해 5~10년 사이에 이산화탄소 배출량이 많이 늘었다.

우리가 어릴 때 가지고 놀던 고무공을 생각해 보자. 오랫동안 놀다 보면 고무공은 말랑말랑해진다. 그런 걸 다시 불에다 쪼이면 팽팽해진다.

지구도 이와 같은 현상이다. 연일 뿜어대는 공장 폐수, 매연들이 어디로 갈 것인가?

자연 태양열에 의해 남극과 북극으로 당연히 침투할 것이다. 그렇기 때문에 빙하의 물이 청정수라고 생각하는 것은 큰 오산이다.

인간은 물이 없으면 한시도 살 수 없다. 설령 있다고 해도 오염이 심하여 마음 놓고 마실 수 없다. 산골짝에서 흐르는 물을 약수로 생각하는 것은 아주 위험천만한 생각이다. 계곡 상류 어디에는 틈바구니가 생겨 있다. 태곳적부터 지각변동으로 생긴 것이다.

그 틈새로 각종 곤충들이 썩은 물이 스며드는 물이다. 이 물을 약수로 생각하고 마시면 독물을 마시는 것과 다를 바 없다. 한시 바삐 물에 대한 계몽과 홍보가 시급하고 무지에서 벗어나야 하겠다.

상처투성이인 땅덩어리에 그래도 안심하고 마실 수 있는 것은 지하수 밖에 없다. 아쉽게도 우리는 지하수에 대한 지식이 거의 없다.

지하수에는 각종 미네랄, 철분, 암모니아가 함유되어 있어 각종 질병에 효과가 있다고 한다. 특히 위장병에는 특효라고 오래 전부터 전문가들은 말하고 있다.

몇 년을 위장병으로 고생하신 사람들도 지하수를 먹고 완치

된 경우가 여럿 있다. 그런데도 지하수에 대해서는 부정적이다. 이유가 무지하다. 지면에 고였던 허드레 물이 스며들어 간다는 것이다. 쓸데없는 걱정이다.

예를 들어보자! 서울 시내에서 아주 많이 오염되어 있다는 청계천에다 지하수 30미터를 판다고 하자. 일반적으로 금방 오염이 될 걸로 착각을 하는데 전혀 그렇지가 않다. 지구가 멸망해야만 가능할 것이다. 물은 토질 형질상 지면에서 5미터 이상을 내려갈 수가 없게 되어 있다.

요즘 시중에 난무하는 각종 정수기 제품도 문제다. 그럴 듯하게 만들어 소비자들을 현혹시키지만 하나같이 믿을 수 없다. 아무리 시설이 좋고 제품이 좋다고 해도 근본적인 지하수가 아닌 수돗물이다. 소비자들도 지나치게 방송매체에 의지하는 사고思考를 고쳐야 되겠다.

한국에 있을 때다.

붕어를 잡아 수돗물에 넣어 보았다. 2분도 안 되어 배를 하늘 향해 바라보며 자빠진다.

다음 번엔 산 속에서 떠 온 소위 약수라는 물을 넣어 보았다. 비실거리는 것은 마찬가지였다.

마지막으로 지하수에다 넣어보았다. 30초도 안 되어 쌩쌩거리는 것이었다. 지하수에는 유익한 물질이 함유되어 있다는 증거다.

안타깝게도 캐나다에는 지하수를 팔 수 있는 법적 제도 장치가 없다. 만약 법이 허락한다면 우선적으로 지하수를 팔 것이다.

엄청난 자연재해가 시시각각 우리 곁으로 다가온다. 생태계는 파괴되고 모든 생명들은 삶의 보금자리를 송두리째 유린을 당하고 있다.

머지않아 우리가 마실 물조차도 바닥이 난다는 발표는 끔찍하다. 지구는 병들고 물은 고갈이 난다.

이런 마당에 문화적 향유가 무슨 의미가 있는가? 무절제한 산업화의 이기심이 인간에 의해 부메랑이 되어 온다. 세계는 이해타산을 버리고 협력할 때다. 한시가 급하다.

철없는 병문안

♣♣♣♣♣ 비행기는 지척을 흔드는 굉음을 뒤로하고 육중한 몸뚱이를 하늘로 치솟고 있었다. 순간의 불안감이 지나자 비행기는 은빛 날개를 하늘거리며 수평으로 넓은 창공을 자유롭게 유영하고 있었다.

한 풀 꺾인 더위는 여름 끝을 보내는 아쉬움에 심술을 부리듯 홍건한 습도를 발산하며 잔인하게 대지를 유린한다. 신선한 아침 햇살에 기세가 꺾인 더위는 계절에 걸맞지 않게 화사한 날씨를 뽐내고 있었다.

12시간을 용틀임하는 사투에 감옥 같은 서울여행에 비해 토론토발−LA 여행은 너무도 대조적이다. 창밖으로 비치는 풍경은 그야말로 진풍경이다.

변화무쌍한 구름들의 요사스러운 몸치장은 승객들 마음을 사로잡았다. 목화송이를 깔아 놓은 듯 양털 구름은 금세라도 뛰어내리고 싶은 포만감으로 유혹해 온다.

고모님이 아프시다는데 어디가 아프실까? 호흡기를 끼우셨다는데 얼마나 괴롭고 불편하실까? 이런 저런 상념에서 나를 의식했을 때는 LA 상공이 빼꼼하게 이 구름 사이로 머리를 드러낸다.

몇 번 기우뚱하던 비행기는 착륙지점을 찾기가 무섭게 서서히 하강한다. 어느 순간 쏟아지듯 무서운 속도로 낙하하고 있었다. 30초, 20초, 10초, 육중한 물체는 나비같이 활주로에 살짝 안착했다.

안도의 숨소리가 여기저기서 가늘게 새어 나왔다.

고모님 댁에 도착하자마자 되는 대로 짐을 풀고 서둘러 병원으로 달렸다. 병실로 들어가는 순간 난 그 자리에 얼어붙듯 발을 멈추고 말았다. 백발이 성성한 머리하며 움푹 패인 두 눈자 위에 초점 잃은 눈동자, 북어같이 깡마른 두 손과 다리는 어느 곳 하나 사람의 형상으로 볼 수 없는 쇠잔한 몰골이다.

마음이 아리도록 가엾은 고모님의 목구멍에서 끓어오르는 오열은 차라리 흐느낌이었다. 생각 같아서는 병실이 떠나가도록 울고 싶은 심정이다.

사진작가이신 난봉꾼을 모시며 남매만 달랑 키우시며, 과부 아닌 과부로 평생을 보내신 고모님! 그래서 그런지 나를 친정 조카라기보다 친자식처럼 대하셨던 것 같다. 그 옛날 매혹적이고 고혹스런 모습은 어디서고 찾아볼 수가 없어 더 마음이 아프다.

하나님께 기도를 했다. 살아계실 동안만이라도 고모님을 편하게 해달라고.

장시간 이야기를 하고 형님 댁으로 왔다. 일부러라도 오는데 기왕 왔으니 며칠 관광이라도 하고 가라는 형수님 말씀에 마지못해 대답은 했지만 내심 편치가 못했다. 아니 어쩌면 은근히 기대했다는 것이 나의 솔직한 심정이다. 관광을 온 건지 병문안을 온 건지 고모님께 그저 죄송할 뿐이다.

수단 좋으신 형수님이 몇 군데 전화를 해서 금세 표를 구할 수가 있었다.

이튿날 LA를 출발한 일행은 콜로라도에 여장을 풀었다. 콜로라도의 달 밝은 밤 강가에서의 보트놀이는 그윽하고 황홀했다. 급물살을 지치고 올라가는 보트의 용틀임은 정말 스릴 만점이다. 갈색 머리, 파란 눈의 아가씨와 나눈 1시간의 밀어도 내 평생 잊지 못할 추억이다. 주책이라도 좋다. 늙어도 순정은 있으니까.

콜로라도에서 일박한 일행은 저 유명한 라스베가스로 향하고 있었다. 광활한 서부 대륙을 횡단하다 보면 서부의 총잡이들이 인디언들과 벌인 영토분쟁으로 피 비린내 나는 총성이 들리는 듯해 학창시절 공부는 뒷전이고 선생들 눈을 피해 극장마다 기웃거리던 추억들이 빛바랜 낡은 사진첩이 되어 머리를 아련하게 만든다.

끝도 없이 이어지는 사막, 이글거리는 열사에 융단처럼 깔려 있는 강인한 잡초들의 생명력을 보면서 나의 한가로운 일상이 새삼 부끄럽고, 장엄한 대자연의 위용 앞에 속수무책으로 고개가 숙여지는 것이다.

드디어 라스베가스에 도착하였다. 광란의 도시, 퇴폐의 도시, 부자들의 돈 잔치마당, 터지는 함성 소리, 감탄사는 유황불에서 허덕이는 죄인들의 울부짖음을 연상케 하였다.

이 순간에도 지구 한쪽에서는 전쟁, 해일, 가뭄으로 많은 인명이 죽어 가는데 이곳은 그곳과는 거리가 먼 강 건너 등불이다. 지구의 종말을 고하는 섬뜩한 현상이 곳곳에 배어 있고, 황홀한 불야성은 신의 원성이 불꽃으로 변하여 장황하게 흐르는 것 같다.

마지막 일정인 그랜드캐넌으로 버스는 호기 있게 달리지만 계속된 강행군으로 지칠 대로 지친 승객들은 바깥세상에는 아랑곳하지 않고 깊은 수렁에 빠진 듯 잠에 취해 있었다. 듣던 대로 그랜드캐넌은 주위환경이 너무 장엄하면서도 산만하다.

장구한 세월 동안 풍화작용과 지각변동으로 쪼개진 장엄한 계곡, 깎아 지른 듯한 괴암 절벽, 병풍을 두른 듯 빗살무늬의 석회암과 화강석들은 대자연의 범주를 벗어난 신의 작품이 아니고서는 상상할 수조차 없다.

한편 폐허가 된 옛 어느 문화민족의 찬란한 역사의 상징물 같기도 해, 무언지 모를 비현실적 미지의 세계로 끊임없이 빨려 들어가는 착각에, 존재하지도 않으면서 존재하는 어떠한 불가사의한 영혼들이 영존하는 신비스러움에 진화론과 창조론 사이에서 머리가 복잡하다.

  모든 일정을 끝내고 한나절 내내 고모님과의 추억을 회상하였다. 고모님은 거의가 고모부 얘기로 시간을 할애하였다. 말씀 중에 문득 문득 젊은 시절 아름다운 추억들이 떠오르시는지 창 너머를 물끄러미 내다보시는 고모님의 쓸쓸한 모습을 보니 또 다시 가슴이 뭉클하다.

  살아생전 뵙지 못할 일말의 불안감이 엄습한다. 고모님 손이 파르르 경련을 일으키는 것을 애써 떼어 놓고 도망치듯 병실을 뛰어 나오고 말았다.

  '고모님! 오래오래 장수하시란 말씀을 못하겠네요.'

  하루 속히 하나님 품으로 안기시라고 나의 기도는 마음 속에서 메아리치고 있었다.

만추의 잔치

♣♣♣♣♣ 산과 들이 황금벌판으로 일렁이고 오곡백과가 무르익으면 팔월 한가위가 왔다는 신호다. 이때쯤이면 온갖 과일들이 풍요를 이루고, 밤과 대추는 지천으로 깔린다. 내 어린시절은 요즘처럼 다채로운 과일이 없었던 시절이어서, 밤과 대추는 조무래기들에게는 더없이 매력 있는 과일이 아닐 수가 없었다. 이렇게 추석을 전후하여 만추의 향연은 무르익어 간다.

풍만한 밤송이가 아람이 벌어 떨어져 어지러이 널려 있는 것을 보면 포만감으로 마음이 설렌다. 새벽잠을 설쳐 가며 주인 몰래 줍는 쾌감도 즐겁기 그지없다. 만삭이 다 된 밤송이들을 나무에 올라가 장대로 두들겨 딴다. 장대가 닿지 않는 상상봉에 미처 따지 못한 밤송이에 두고두고 아쉬움을 남긴다.

가을 한철은 밤 따는 소리에 마을 뫼산들은 어수선하다. 밤나무는 분신 일부를 인간들에게 주면서도 보은을 받기는 커녕 오히려 인간들에게 배은망덕을 당한다. 장대에 수도 없이 매타작을 당하며 혹독한 고문을 당하는 것이다. 모든 것을 빼앗긴 후 봉두남발한 모습은 무참하다. 마치 자식 빼앗기고 쫓겨난 대가大家집 소실少室처럼 초라한 몰골이다.

밤은 한 군데 모아 두고 물을 뿌려 삭혀야 한다. 그냥 까면 따가워서 깔 수가 없다. 그렇게 삭혀진 밤송이를 발로 꾹꾹 밟으면 껍질이 문드러지며 밤알이 튀어나온다. 그것을 얼지 않게 독에다 묻어놓는다.

여름 내내 말매미에게 시달림을 받은 대추 역시 밤 못지않게 인기 있는 과일이다. 태풍이 지나간 두엄자리에 흐드러지게 깔려 있는 대추를 주워먹는 맛도 별미 중에 별미다. 군데군데 청개구리 집모양 호젓이 매달려 대롱거리는 모습은 공활한 가을날을 더욱 시리게 만든다.

대추도 따서는 큰 가마솥에다 찐다. 그냥 두면 썩기도 하지만 벌레가 생기기 때문에 삶아서 일찌감치 지붕으로 올라간다. 멍석에다 말렸다가는 닭이나 개들이 버르집어 놓기 때문에 그들을 피하는 방법은 지붕밖에 없다. 지붕에 빨갛게 널려 있는 대추 역시 군침을 흘리게 하는 것은 밤과 다를 바 없다.

이렇게 힘든 과정을 거친 밤과 대추는 겨울밤에 화롯가에 둘러앉아 먹는, 군것질로는 일등공신이다. 할머니의 바닥난 옛날이야기를 보채며……

고유명절 중에 하나인 추석은 설 다음으로 큰 명절이다. 추석 아침 제상祭床 위에는 홍동백서紅東白西의 순서대로 차려놓고

제를 올릴 때 밤과 대추는 제상 양쪽 모퉁이에 득의양양하게 자리를 차지하는 독보적 존재다.

추석을 전후해 초등학교 운동회가 시작된다. 가족들이 운동회 구경할 때에 밤과 대추로 만들어진 송편은 빠져서는 안 될 요긴한 음식이다. 장독대 광주리에 솔잎 붙은 마지막 남은 송편을 먹는 것도 즐거웠지만 한가위를 보내는 아쉬움이 더 크다. 추석도, 운동회도 모두 떠나간 가을날은 너무도 쓸쓸하고 황량하다.

소슬바람에 벼이삭이 수수이삭 서걱거리는 소리와 함께 마지막 가는 가을을 더욱 쓸쓸히 느끼게 한다. 밤나무 숲을 서성이다 보면 상상봉에 미처 못 딴 주먹만한 아람 대여섯 개가 외롭게 떨어져 그 누구를 기다린 지가 오래다.

언제나 내년이 올까, 기다리는 기간이 너무 길고, 모두 떠나버린 이 자리가 허전하다.

하늘을 우러러 본다. 밤나무 가지 사이로 퇴색된 구름이 살여울처럼 몰려온다. 어린 시절 추억들이 비수같이 몸 속을 파고든다. 그렇게 가을은 깊어만 간다.

팔불출

❧❧❧❧❧ 8.15 해방과 6.25 한국전쟁을 겪은 대한민국의 당시 전화 사정은 엉망이었다. 일제가 버리고 간 수동식 전화기를 사용하는 것이 고작이었다.

발전기를 돌려 코드에 끼우고 상대방에게 연결하여 주는 전화기다. 관공소고 회사고 간에 이 전화를 이용하지 않으면 업무를 볼 수가 없었다.

1970년대 초까지도 이 자석식 교환기를 사용하다 후반으로 들어서며 독일제 다이얼 전화기(스토로져, 이애무디, 자동식)가 도입되면서 전화국이 새로운 전기를 맞는다. 따라서 상대적으로 수동식 교한 전화기는 소리 없이 사라졌다.

그로부터 전화국은 눈부시게 발전을 거듭하여 일대 혁신을 이룬다. 백색 전화는 만인의 부러움을 독차지할 정도로 인기가 있었다.

행세 깨나 하는 집안이 아니면 감히 놓을 생각도 못했다. 이 전화기를 놓지 못해 안달하던 시기도 그 무렵이었다.

그러나 이 전화기 역시 얼마 가지를 못하고 자취를 감추고 만다. 바야흐로 무선 통신시대의 서곡이 울린 것이다. 팔뚝만한 무선 전화기를 들고 거리를 활보하면 만인에게 선망의 대상이었다.

나는 수동식 전화와 다이얼 전화까지 설계도만 있으면 눈을 감고도 조립할 정도였다. 그러다 무선 전화기 출현으로 신진들에 밀려 전화국 생활에 종지부를 찍게 되었던 것이다. 아쉬웠지만 국가의 발전을 위해 반가운 일이라고 안위하는 걸로 만족해야만 했다.

신설동 시외전화국이 허물어진다는 소리에는 만감이 서렸다. 나의 손때가 안 간 곳이 없었다. 삶의 애환이 고스란히 담겼던 곳이다.

그 무렵에는 전화국을 하나 신설하려면 금성사 지원을 받아야만 했다. 신설동 전화국에 근무할 때 금성사 아가씨와의 밀애는 나의 잊지 못할 기구한 로맨스였다. 사귀고는 싶은데 그녀는 거들떠보지도 않는 것이었다. 촌스럽게도 나의 눈에는 그 아가씨가 천상의 여인이었다.

궁리 끝에 착안한 것이 고의적인 보수의 지연이었다. 상사에게 끌려가 문책을 당하게 하였던 것이다. 치사한 방법이지만 통했다.

자장면 집에 들어가서 아가씨들이 어른거리면 슬그머니 빠져 나오던 쑥맥이 구르는 재주가 있다고 어디서 그런 용기가 나왔는지 지금도 대견하다.

그러나 길지 못했다. 일년 만에 무너진 사랑탑은 사랑한다는 말 한 마디 못한 나의 패기 없는 용기가 원인이었다. 눈물로써 보내 줄 수밖에 없었던 나의 첫사랑의 순애보였다. 지금 생각하면 참으로 운이 좋은 여자다.

전화국에서 쫓겨난 나의 생활은 지루한 나날의 연속이었다. 무료한 생활은 그야말로 어느 노래 가사처럼 '창살 없는 감옥'에 갇혀 장년의 웅지를 좀 먹었다.

어머니의 결혼 재촉은 날로 성화봉사다. 어디 가서 애꾸 아니고 벙어리 아니면 데려오라는 것이다. 오죽 주변머리가 없으면 그 나이에 계집 하나 챙기지 못하냐는 것이다.

직업도 없는 백수에게 누가 딸을 주겠느냐만 설령 준다 해도 먹여 살릴 길이 막연해 생각지도 못하고 있었다. 32살의 노총각에게 붙여진 별명도 다양했다. 총각대장서부터 삽다리 총각, 대대장 원수 등 별의별 명예롭지 못한 간판들이 붙어 다녔다.

나뿐만 아니라 우리 집 내력이 그랬다.

작은형 이야기다. 중신아비와 신부 엄마가 선을 보러 왔다. 형이 도망을 가는 바람에 허탕을 친다. 중매쟁이는 닭 대신 꿩이라고, 마침 6촌 종형이 총각으로 있었다. 중매쟁이는 씩씩대는 신부 엄마를 달래며 거기 가서 선을 보자고 꼬인 것이 성사가 된 것이다.

요즘 허섭쓰레기 같은 드라마를 보면 대수롭지 않은 일이겠지만, 그 당시에는 서로 마주치면 서먹서먹하였을 것이다. 식구들이 장난스럽게 놀리면 큰일에도 오는 걸 꺼려 했다. 형이 선생이 되고부터는 선생님 사모가 되었을 텐데 팔자 한탄을 많이 하였으리라.

내게도 결혼 운은 따랐다. 조상이 도왔다고나 할까? 양자로 가신 할아버지가 딸을 낳아 시집을 보냈는데, 그 딸이 또 딸을 낳았는데 그분이 우리를 중매하였던 것이다.

그러니까 외가로 누님뻘 되는 분이 중매를 한 것이다. 선을 보고 약혼을 하고 결혼하는 시간이 한 달하고도 반밖에 안 되었다. 그야말로 번갯불에 콩 볶아 먹듯 한 결혼이었다.

양장쟁이였다. 양장점이 인기가 떨어지면서 제품으로 직업 갱신을 할 때였다. 제품으로 전업을 하여 신세계 백화점을 비롯하여 서울에 있는 큼지막한 회사 가운들이 거의 집사람 손에 만들어졌다.

그렇게 하여 제법 많은 돈을 모았는데, 그놈의 증권이 사람을 죽인 것이다. 친구 바람에 꼬여 현대자동차 주식을 5천주를 산 것이 사는 날부터 떨어지기 시작했다. 마누라 몰래 하였으니 혼자 끙끙대다 실토를 했지만 지금도 그때 일을 생각하면 모골이 송연해진다.

자그마치 그때 오천만원이면 지금 계산으로는 오억원이 훨씬 넘는 금액이다. 이민 온 이유가 여러 가지 있지만 이것도 일조를 한 셈이다.

사업자 등록이 필요했다. 빠른 방법은 세탁소였다. 수도 없이 찢기고 다리미에 데이면서 이를 악물고 배웠다.

그로부터 1년 만에 이민을 오게 된 것이다. 속이 상해 잠시 잠깐 잘못 생각으로 이민을 와 이 고생을 한다고 마누라 씨 요즘도 가끔 투정을 한다.

궁지에 몰릴 때면 슬그머니 고향을 등장시키는 것이 내 최선의 방어다.

"오지에서 서울로 유학시켜 준 것도 큰일이거늘 캐나다까지 끌고 온 것은 출세도 상출세를 한 것인데, 그 공도 모르고 모름지기 가부장을 이렇게 대접해서야 쓰겠는가?"

마누라 씨도 한 치도 지려 들지 않는다.

"누구 때문에 이 고생인데 큰 소리유! 그 많은 재산을 없앴으면 미안해 하여야 하거늘 되레 큰 소리유? 그리고 32살의 백수 늙은이에게 불우이웃돕기로 와 주었으면 고마워할 일이지 무슨 뚱딴지 같은 소리유?"

"불우이웃 같은 소리하시네? 내가 중고차 후생사업하여 도와준 것을 고맙게 생각해야지?"

내가 생각해도 비교하면 한참 기울어지는데 그놈의 가부장적 알량한 권위 때문에 인정하기가 싫었다.

"이래 뵈도 동래정씨 문익공파 정광필 17대 후손을 뭐로 보고 하는 말이오?"

애꿎은 세필 반도 안 되는 양반타령을 하여 기를 죽여 보지만, 허풍소리만 요란하다.

재주덩어리라서 물건이 부서지기 전에는 웬만한 물건은 잘도 고친다.

나 역시 그리 손방은 아닌데 마누라 씨가 손재주가 좋아 모든 것을 맡겨 버렸는데, 어디서 무슨 말을 듣고 왔는지 이제부터는 밥 먹은 그릇은 당신이 챙기란다.

쓰레기통, 숟갈, 몽둥이 하나 건드리지 못하게 할 때는 언제고 이제 와서 설거지를 하라는 것은 무슨 심사란 말인가? 그릇 하나 씻는 것이 무슨 대수냐만 이것을 계기로 가부장의 권위를 점점 잠식하려는 의도가 다분해서 늙어서 보자는 말이 남의 일이 아닌 내 일이 되는 것같아 섬뜩하다.

벗님네여 팔불출의 독백입니다.

친구의 이야기

♣♣♣♣♣ 친구는 어젯밤 일로 마음이 찌뿌드듯하다.

천장을 바라보는 눈동자는 동공반사로 흐릿하다. 부엌에서 마나님 밥짓는 소리는 더욱 몸을 움츠리게 한다. 모처럼 얼짱한 기분에 용기를 내어 마나님에게 도전을 해 보았지만 영 시원치가 않다.

밤새도록 마나님 배에 올라가 소풍만 다녔으니 체면이 말씀이 아니다.

얼마 전까지만 해도 위용을 과시하던 주인 양반이었다. 육십이 넘어 설설 기기 시작하더니 이제는 아예 45°도 안 되게 축 늘어진다는 것이다.

자신을 자각하고 신세 한탄을 하고 있을 때 나는 이 친구의 구세주가 된 것이다. 말만 들어도 황홀한 불로초(비아그라)를 가지고 고국을 방문했던 것이다. 불로초는 황혼기에 접어든 노인들에게는 하늘이 준 선물이다. 향기롭지 못한 분위기에 신성한 하나님을 판 것은 '오 마이 갓' 이지만 어쨌든 난 불로초를 가지고 칙사 대접을 받았다.

그것이 속주머니에 있는 동안은 천하를 얻은 기분이었다. 보신탕은 기본이고 장어구이에 상어회까지 얻어 먹으며 동해, 서해, 남해를 홍길동처럼 날아다니며 '주유천하'로 헤맸다.

나는 보신탕만 봐도 닭살이 돋는다. 모르는 친구들은 굳세게 권유해 그것을 피하느라 곤욕을 치렀다. 그것은 다음에 또 가져오라는 신호의 메시지다. 내가 친구가 아닌 불로초로 보였던 것이다.

종업원이 일행 옆에 와 묻는다.

"아저씨는 무엇을 드시겠어요?"

"응! 나는 개고기국!"

"아저씨는요?"

"응, 나도 개고기국."

급해진 아가씨는 고깃국 소리는 아예 빼고는 돌아가면서 다급하게 묻는다.

"아저씨도 개예요?"

"응 나도 개."

"아저씨도 개고요?"

"그래 나도 개다."

주위를 쭉 훑어보던 아가씨는 교통 수신호를 하듯 손짓을 하며, "나머지 분들도 모두 다 개지요?" 하고는 휑하니 나간다.

무의식중에 대답하고 보니 졸지에 개판이 되고 말았다.

문득 어렸을 때 어른들이 개를 잡던 풍경이 떠오른다. 너무도 잔인하게 개들을 도살하여 지금까지도 각인되어 있다. 개를 잡으려면 으레 산으로 올라간다.

짚과 가마떼기를 준비해 가지고 산에 올라가 나무에 목을 매달아 몽둥이로 두들겨 패 죽인다.

그런 다음에 불에 끄스른다. 갑자기 개가 후다닥 달아난다. 먹기에 급급해 설죽였던 것이다. 기절을 했던 개가 뜨거운 기운에 깨어난 것이다. 포식자들은 멍하니 하늘만 쳐다보더니 입맛만 다시다 하산하고 만다.

저녁이 되어 집이라고 비실거리고 찾아온 누렁이는 결국 두 번 살육을 당하고 만다. 이웃집 누렁이가 죽어간 슬픈 사연이다.

그 끔찍한 장면은 사춘기 내내 나를 괴롭혔다. 어떤 때는 꿈에도 나타나 가위가 눌리기도 하였다.

요즘도 보신탕 이야기만 나오면 어린 시절 끔찍했던 도살행위가 영감으로 떠올라 몸이 오싹해진다.

경기도 하남시는 도시의 확장으로 인해 생긴 부모 유산 가지고 흥청거리는 졸부들이 많다. 미사리 촌에 즐비하게 늘어진 카페는 왕년의 통기타 가수들이 등장하며 지난날의 향수를 달래곤 한다.

얼마 전까지만 해도 몇 억 가진 거지소리를 들으며 막걸리와 대포를 사지 못한 친구들이 '그린벨트' 가 풀리면서 돈줄이 돌자 세상이 자기들 것인 양 거들먹거리며 밤거리의 왕자들로 변했다. 어깨에 들어간 힘은 폼을 잡는 건지 무게를 잡는 건지 잔뜩 경직되어 격에 어울리지 않아 올챙이 때를 생각하고 실컷 놀아나 속으로 트릿한 덕담을 한다.

술이 몇 잔씩 돌아가고 거나해지면 하늘에다 삿대질을 하며 정치얘기로 화제가 돌아 자기가 제일인 양 떠들어대면 무슨 말을 하는지 영락없는 행랑방 머슴꼴이다.

이런 무리 속에 어쩔 수 없이 나는 캐나다 촌놈이 되고 만다.

4부

칠흥싸리 홀껍데기

♣♣♣♣♣ "세월이 하 스산하니 화투나 합시다."

'섰다' 꽃놀이 판에서 삼자와 팔자를 합치면 11끝이 되고, 여기서 10단위를 빼면 한 끝이 된다. 흔히 말하는 삼팔 따라지다.

놀음판에서 유행된 말인데 삼팔 따라지에 대한 말은 6.25 전쟁 때 월남한 북한 동포들로부터 유래되어 온 말이다. 별로 향기롭지 못한 말이기에 월남한 동포들에게 누가 될 것 같아 여기서 줄인다.

기성세대는 화투놀이가 다양하지 않았다. 고작 흥미 있는 놀이가 삼단 삼약을 위주로 하는 민화투가 전부였다. '도리 짓고 땡'이나 '섰다'도 있지만 투전꾼들의 놀이이기 때문에 가정에서는 관심 밖이다.

민화투에서 사흑싸리, 구국진, 팔공산, 칠흥싸리 패들은 별 볼 일 없는 패들이다. 이것들이 들어오면 재수 옴 붙었다고 투

덜거린다.

근래에 와서야 화투문화가 다양해지며 '고스톱' 이라는 특종이 생겨 피박을 면할 수가 있어 기사회생이 되었지만, 옛날에는 애물단지 취급을 받았다.

그러나 놀이에 따라 상황은 달라진다. '섰다' 판에서 사흑싸리나 구국진은 막강한 힘을 과시한다. 뒤에 일자만 들어왔다 하면 '삥' 이 되기 때문이다. 민화투서 천대 받던 때를 복수라도 하듯 전세를 역전시키는 것이다.

더욱이 튼 판에서 '삥' 이 들어오면 판돈은 내 것이 된 것처럼 황홀하고 만면에 화색이 돈다. 물론 '삥' 위에 땡도 있지만 튼 판에서는 땡이 그리 쉽게 나오지 않는 것이 노름판의 정설로 되어 있다.

반대로 칠홍싸리나 팔공산 껍데기가 들어오면 온몸에 힘이 쪽 빠진다. 모처럼만의 호기에 이 패들로 인해 본전 찾을 기회를 놓쳐 원망의 대상이 된다. 그럴 때면 놀음판에서만 통하는 해괴한 신에게 주문을 하는 것도 투전판에서 빼놓을 수 없는 풍습이다.

나는 투전꾼 옆에 붙어 앉아 콩고물이나 얻어 먹는 게 고작이었다. 그것도 딴 사람한테 얻는 것도 아니고, '고리' 로 이골이 난 친구 옆에 앉아 곁가지 타고 얻어 먹는 신세였다.

마치 낚시꾼 옆에 하루 종일 구경하다 고기 몇 마리 얻는 것처럼 얼간이로 치면 상급에 속하지만, 그래도 인심은 잃지 않아 언제고 개평 돈은 후하게 생겼다.

사람마다 천차만별이다. 속이 깊은 사람, 나쁘게 말해 음흉한 사람은 자기의 속내를 안 보이며 상대방을 끝까지 유도해 밑천을 홀랑 벗겨 놓는데, 반대로 진득하지 못하고 체신이 없는 사람은 금방 상대방에게 눈치를 채게 하여 모처럼 얻은 기회를 놓쳐 버린다.

그래서 사람의 마음을 알려면 투전판에 가 보면 안다고 했다. 이렇게 별 볼 일 없는 패들도 각자 맡은 위치에서는 충성을 다 하는데, 요놈의 칠흥싸리 홑껍데기는 아무짝에도 쓸모가 없는 패라 구제할 방법이 없다. 이 패가 들어오면 본전 찾겠다는 생각은 애당초 물건너 버려야 한다.

그래도 칠땡은 있다. 돈은 잃었고, 본전은 찾아야 되겠고, 칠땡은 들었고. '얼씨구 좋다' 본전 찾을 때는 이때다 싶어 눈썹을 휘날리며 한 달음에 집으로 달려오면 마누라가 앙앙거린다. 마누라 투정 받아 줄 시간이 어디 있는가? 발길로 냅다 지르고는 강제로 돈 뭉치를 빼앗아 투전판에 와서 판돈을 몽땅 대고 보니, 상대방은 구땡, 장땡을 들고 나오는 것이다.

서빙고에서 뺨 맞고 종로에서 복수한다고 홧김에 애꿎은 마누라를 복날 개 패듯 하며 가부장 알기를 '거시기' 같이 아느냐 하며 씩씩댄다.

그러고는 이놈의 놀음은 다시 안 한다고 엄지손가락까지 자르지만 그 버릇 개도 못준다고 했던가? 결국 그 유혹을 뿌리치지 못하고, 또 하게 되는 것이 우리 세대에서 종종 있던 일이다. 그래서 생긴 속담이 놀음은 마누라를 팔아서도 한다고 하지 않는가?

화투가 나쁜 것만은 아니다. 빈곤한 시절 화투로 그해의 행운을 의지했다. '오관' 이라는 점괘로 행과 불행의 희로애락을 만들어 주기도 하였다. 특히 정초 때는 화투로 그해 운수를 보았다. 마땅히 물어볼 데가 없어 민가에서 일반화 되었다. 미신이라는 것을 알면서도 마음 속에 간직하며 행운을 기다린다.

지방마다 다르지만 처녀 총각들은 이매조가 떨어졌다 하여 행여 짝사랑하던 바지씨나 낭자가 오지 않을까 하는 희망이 서고 어른들은 똥이 떨어졌다 하면 돈이 생길 운수라고 기대를 하기도 한다.

또 한 해가 다가온다. 광이 될 것인가. 칠홍싸리 홑껍데기가 될 건가. 그것이 문제로다.

파고다 공원의 정신은 어디로 갔는가?

✤✤✤✤✤ 일본이 패망한 지도 반세기가 훨씬 넘었다.

오랜 세월이 흘렀건만 일본 각료들은 아직도 끊임없는 세치 혀를 놀려댄다. 그들의 그릇된 언사를 어찌 짧은 지면으로 기록하겠냐만, 작금의 한반도 정세가 예사롭지가 않아 몇 가지만 지적하고자 한다.

몇 해 전 '이시하라 신타로'가 일본이 한국을 식민지화한 것은 한국이 요구한 것이라고 터무니없는 말을 했다.

그는 한반도 침략을 정당화하고 '난징 대학살'을 날조하더니, 한 술 더 떠 조선의 발전을 위하여 학교, 철도, 항만 등을 한국을 위해 건설하였다고 항변한다.

침략근성을 못 버린 제국자들이 대국 진출을 위해 조선으로 들어와 허울 좋은 '동양척식 주식회사'를 차려놓고 온갖 악정을 저지르며 광물서부터 농산물에 이르기까지 기름 짜듯 수탈

해 가고는 조선을 위하여 건설하였다는 이 자의 말은 그야말로 적반하장이다.

다시금 백년 전으로 돌아가는 느낌이 들어 우려스럽다.

요즘에는 한 술 더 뜬다. 북한까지도 중국으로 편입시켜야 한다는 것이다. 중국과 일본의 물밑 접촉이 여실히 드러나고 있다. 이 자의 아양스런 궤변에 중국으로서는 기분이 좋겠지만 우리로서는 비수라도 지니고 싶은 심정이다.

올해(2009)가 기미년 3.1절이 발발한 지 90년째 된다. 거슬러 올라가 보자. 1919년 프랑스 파리에서 평화회의가 열렸다. 미국의 윌슨 대통령이 민족자결주의를 제창하여 전 세계에서 압박 받는 민족에게 희망에 찬 용기를 주었다. 힘을 얻은 우리 민족 운동자들은 김규식 선생을 파리에 파견하여 우리나라의 독립을 호소하도록 하였다.

이것이 이른바 기미년 3월 1일 독립선언서의 기틀이 된 것이다. 그 해 2월 8일 일본에 있던 한국 유학생들은 도쿄에서 독립선언서를 선포하고 결의문을 일본 각계에 보냈다. 이런 국외 정세는 국내 애국지사 및 학생들에게도 큰 자극이 됐다. 때마침 국민들 사이에서는 고종황제가 독살되었다는 소문이 나돌아 전에 없는 일제에 대한 증오감이 강렬하게 타올랐다.

고종의 인산일(장례일)인 3월 3일을 앞두고 전국에서 많은 사람들이 서울로 몰려왔다. 천도교 대표 손병희, 기독교 대표 이승훈, 불교 대표 한용운 등이 주축으로 한 민족 대표 33인은 3월 1일 서울 태화관(인사동에 있는 요릿집)에서 독립선언서를 낭독하고 스스로 일본 경찰들에게 잡혀 갔다.

파고다 공원 역시 수만 명이나 되는 학생 및 시민들이 독립 선언서를 낭독한 다음에 만세를 외치고 태극기를 흔들며 시위에 나섰고, 때를 같이하여 유관순 열사는 고향으로 내려가 아우내 장터에서 많은 군중에게 태극기를 나누어주고 기미년 3.1 만세운동을 독려하다 헌병에게 잡혀 7년형을 받고는 서대문 형무소에 투옥됐다.

옥중에서도 유관순은 독립 만세를 부르다 모진 고문을 견디지 못하고 17세의 꽃다운 나이로 순국하므로써 우리 민족의 단결심을 세계 만방에 알릴 수가 있었다. 투철한 민족의 애국심을 고취시킨 대한민국의 '잔 다르크' 가 아닐 수 없다.

요즘 파고다 공원이 집에서 쫓겨난 노인들로 인해 수난을 받고 있다. 음식점이 즐비하고 장기와 바둑을 즐기는 오락장소로 변했다. 술판이 벌어지며, 심지어 매춘행위까지 공공연하게 이루어진다고 한다. 독립투사, 애국열사들의 숭고한 희생정신이 서려 있는 뜻 깊은 자리에 이게 무슨 추태란 말인가?

일본 각료들은 끊임없이 우경화를 부르며 신사참배를 한다. 정신적 성전으로 고집하며 제국주의의 망령을 부활시키면서 침략 근성을 버리지 못하고 있다. 또 다시 한반도를 넘보고 있는데 기성세대들은 지금 무엇을 하고 있는가?

파고다 공원에 서서 3.1절을 상기하며 반성해 보자.

치료해야 할 보신탕 문화

✤✤✤✤✤ 얼마 전 신문보도에 의하면 프랑스 여배우가 한국 보신탕 문화를 신랄하게 비판하였다고 한다. 그 보도가 나가자마자 때를 같이하여 프랑스 모 방송국까지 가세하였다. 코미디 프로그램으로 풍자해 본국은 물론 해외동포들까지 분노를 자아내게 했다. 아마 그 배우가 우리의 개 도살행위를 본 것 같다.

급기야 국회의원이 프랑스 배우한테 남의 나라 고유 음식을 가지고 왈가왈부하는 것은 적절치 않다고 서한을 보냈다고 한다. 의도적으로 흠집을 내려는 배우한테 일개 국회의원이 장황하게 설명해 본들 수긍할 리가 없고 합리적이지 못하다.

정부 차원에서 프랑스에 강력한 항의서한을 보내는 것이 모양새가 낫지 않았나 싶은 생각이 든다.

그럴 즈음 모국을 방문했는데 공교롭게도 프랑스 교수와 학생들이 한국을 방문해서 보신탕을 시식하고는 맛있다는 칭찬을 아끼지 않았다.

그 보도가 나가자마자 기다리기나 했듯이 전국 보신탕연합회는 월드컵 기간에 보신탕을 가공식품으로 만들자고 서명운동을 하였다. 기가 찰 노릇이다. 여론을 무시한 우물 안 개구리의 작태다.

프랑스 교수나 학생들은 자기나라 방송매체에서 한국 보신탕 문화를 비판한 것에 대한 미안한 감정에서 방문국에 대한 최대한의 배려였다. 그들 말에 현혹되어 시식회를 열어 길에서 판매한다니 그들이 지각이 있는 자들인가? 민족애는 어느 구석에서 찾아볼 수 없고, 개인의 이익만을 추구한 철딱서니 없는 경거망동이다. 국민의 항의에 일단락되었지만, 언제고 또다시 돌출될 소지가 농후하다.

껄끄러운 마음으로 토론토로 오고 보니 이곳 역시 보신탕 타령은 예외가 아니다. 뉴질랜드 헤럴드 일간지 편파 보도며 내셔널 포스트지의 허구와 날조의 터무니없는 기사는 또 한 번 나를 놀라게 했다.

그동안 미국은 보신탕 시비로 동포사회를 여러 경로를 통해 괴롭혀 왔다. 한국에서 무슨 일만 생기면 미국은 기다렸다는 듯이 정치적으로 악용해 불매운동을 한다고 아우성들이다. 그럴 때마다 동포들은 거대한 미국을 상대로 개미 정자나무치듯 외로운 투쟁을 하였다.

이런 악순환은 보신탕이 있는 한 끊임없이 지속될 것이고 심각한 후유증은 동포들의 몫으로 남을 것이다.

자기들은 말고기를 비롯해 각종 잡동사니들을 먹어대면서, 우리의 고유 음식을 가지고 시비하는 것은 형평에 어긋난 편견이고, 아전인수격인 강한 자들의 횡포라고 할 수밖에 없다.

동양권에서 개고기를 먹는 나라는 많다. 그런데 유독 우리나라에게만 시비하는 것은 한 번쯤 되돌아볼 필요가 있다. 도축 과정에서 잔인한 도살행위, 때와 장소 없이 게걸스럽게 먹어대는 독식가들의 모습이 독창적 창조정신을 생명보다 중히 여기는 기자들에게 매우 흥미 있는 기사거리였을 것이다.

너무 과민반응을 보이지 말고 우리의 잘못도 인정할 줄 알아야 한다.

객관적 시대의 흐름에 초점을 맞춰 하루 속히 세계 여론에서 벗어나야 한다.

한국 정부는 미래지향적으로 끊임없이 홍보하고 계몽하여 다시는 이런 보신탕 문제로 국가의 위신을 실추시키는 일이 없어야 되겠고, 동포들도 혼연의 힘을 합쳐 알차게 국위를 선양하여 모처럼 얻은 월드컵 축구 4강 신화가 유명무실하게 되지 않도록 각고의 노력이 필요할 때다.

피어슨 공항에서

✤✤✤✤✤ 매해 다니는 고국이지만 공항에만 나와도 벌써부터 한국에 온 것처럼 마음이 설레인다.

일요일 예배를 마치고 별로 할 일이 없어 대충 짐을 챙겨서 공항으로 왔다. 시간이 아직 일러서 그런지 승객이 별로 많지가 않았다. 벤치에는 한국 사람들을 비롯해 몇명의 외국인들이 듬성듬성 앉아 있을 뿐이었다.

나 또한 무료한 시간을 보내느라 개찰구 앞을 배회하고 있는데 많은 인파 속에서 뜻밖에 젊은 윤 전도사 부부가 아기를 안고 환하게 웃으며 내 앞으로 다가오고 있었다.

교회에서는 인사 정도 하는 것이 고작이었는데, 생각지도 않은 뜻밖의 장소에서 만나니 반가웠다. 별로 친하지도 않은 사이인데도 우연한 장소에서 만나면 반가운 것이 인지상정인가 싶다. 윤 전도사에겐 우리 부부만의 웃지 못할 비밀이 있었다.

주일이면 예배 보기 전에 강당 앞에 나가 성도들이 찬송가를 부른다. 그런 속에 유독 윤 전도사가 돋보이고 생기발랄하게 찬송가를 부르고 있었다.

"어느 집 딸이 저렇게 당차고 야무질까? 자식 가진 부모 마음으로 욕심이 생겨 며느리 삼았으면 좋겠네?"하곤 우리끼리 귓속말로 수근거렸다.

그리곤 일요일마다 교회에 나가 아가씨를 만나는 상상의 나래를 펴며 앞서 가고 있었다. 그야말로 떡줄 사람은 생각지도 않는데 김칫국부터 마신 꼴이다.

기대에서 실망으로 오기까지는 얼마 가지를 못했다. 한 달이 지나고 두 달이 지나면서 이상하게 윤 전도사의 몸이 불어나고 있었다. 처음에는 식사를 많이 해 그러려니 했는데 몇 달 후 보니 그것이 아니었다.

"아뿔싸! 임자 있는 몸이었잖아?"

우리 부부는 허탈한 나머지 실소를 금치 못하였다. 기대했던 것이 일순간 무너지니 실망도 그만큼 컸었는데, 윤 전도사 내외를 공항에서 만나게 된 것이다. 반가운 마음에 작지만 아기에게 과자도 사주고 음료수도 사주었다. 적어도 비행기를 타고 가는 동안만이라도 그렇게 해주고 싶었다. 한 교회 안에서 한 식구라는 의식개념이었다고나 할까?

아무튼 잘해 주고 싶은 마음이었다. 비행기 안에서도 아기가 보채지나 않나 가끔 가보면 아기도 엄마도 새근새근 잠이 들어 있는 걸 보곤 안심이 되었다. 승무원에게 특별이 부탁해 장난감 하나를 더 얻을 수가 있었다.

비행기는 독도 상공을 진입하고 있었다. 갑자기 기류의 변화로 비행기가 1~2미터나 뛰었다. 본능적으로 승무원 아가씨가 "언니! 어떻게 해?"하며 놀라는 것이었다. 선배 승무원이 실눈으로 조용히 암시를 주는 것을 나만 볼 수가 있었다. '우리가 불안하면 손님들은 어떻게 생각하겠느냐' 는 뜻이다.

승무원들의 일사불란하고 침착한 행동으로 고비는 넘겼지만 비행기를 여러 번 타본 나도 이런 경험은 처음이었다. 윤 전도사한테 가니 아기를 안고 걱정 없다는 듯이 웃는 걸 보곤 적이 안심이 되었다.

장시간 걸려 인천공항엘 도착하였다. 그다지 까다롭지 않게 검사관을 통과할 수가 있었다. 짐 찾는 쪽으로 오니 먼저 온 윤 전도사가 건너편에서 짐을 기다리고 있다가 나를 보고 목례를 하였다. 빵을 사 가지고 오니 보이질 않았다. 가버린 것이다.

조금은 야릇한 기분이었지만 이내 마음을 돌렸다. 해외에서 처음 오는 환희! 오랜만에 밟은 고국 땅! 기다리는 식구들! 얼마나 보고 싶었겠는가?

잠시 윤 전도사에게 섭섭했던 마음이 봄눈같이 녹아내린다. 짧은 생각을 하였던 내 자신이 오히려 미안해졌다. 하나님께 기도를 했다. 윤 전도사 내외가 고국에 있는 동안에 즐거운 나날이 되게 해 달라고……

현대판 김삿갓

❖❖❖❖❖ 한국의 여행은 참으로 다양하다. 동창 모임이다, 계 모임이다 하여 무리를 지어가는 관광이 있는가 하면, '묻지 마 관광' 도 있고, 방랑시인 '김삿갓 관광' 도 있다

전자의 경우는 지금은 많이 개선이 되었다고 하지만 아직도 그쪽으로 식상이 되어 있는 관광객들에게는 통하지가 않는다. 서울 근교를 벗어나기가 무섭게 소주잔이 몇 순배 돌아가고 기분이 얼짱해지면 어떻게 해서든지 운전기사를 꼬드겨 춤판을 벌린다.

함지박 궁둥이, 오리 궁둥이, 씨암닭 궁둥이들이 들썩거리면 춤인지 몸부림을 치는 건지 분간이 안 갈 정도로 문란해진다. 이 쯤 되면 차안의 분위기는 관광을 온 것이 아니라 디스코장 으로 둔갑하고 만다.

이럴 경우 기사가 하는 일은 주변경계를 철저히 하여야 한

다. 교통경찰이 떴다 하면 승객들은 순간적으로 차바닥으로 납작 엎드린다. 그 동작이 어찌나 민첩한지 독수리에 놀란 병아리 같기도 하고, 잘 길들여진 경찰견 같기도 하였다.

후자의 경우는 이름하여 '묻지 마 관광'이다. 이름도, 성도 묻지 말고 오늘 하루만은 흥겹게 놀자면서 지르박, 블루스, 탱고를 신나게 추어댄다.

헤어질 때는 섭섭하다고 주소와 명함이 은밀히 교체된다. 이것을 두고 남이 하면 스캔들이고 자기가 하면 고귀한 로맨스라 했던가? 결국 이런 퇴폐 향락이 불륜으로 이어지는 경우를 주변에서 심심치 않게 볼 수가 있다. 인간의 무절제한 방종의 그릇된 문화 관념의 한 단면이다.

셋째의 경우는 외람되지만 나의 적성에 맞는 김삿갓 관광인데 관광이라기보다 방랑으로 표현하는 것이 정확하다.

나는 방송이나 신문에 좋은 명소가 나오면 입던 옷 몇가지 챙겨 훌쩍 떠나 목적지에 와서야 위치를 알린다. "강화도야. 평사리 최참판 댁에 와 있어?" 하고 다분히 죄송한 마음으로 전화를 한다.

처음에는 앙칼진 푸념으로 수화기 소리가 산만했는데, 이제는 "흥! 또 병이 도졌군" 하는 한 마디는 체념했으니 알아서 하라는 뜻이다. 이런 뜬금없는 돌출 행동으로 집사람한테 곧잘 야단을 맞곤 했다.

난 여행을 하면 논틀 밭틀로 걸어다니다 시장기가 돌면 아무 집이고 들어가 밥을 얻어 먹는다. 자칫 거지로 오해 받을 수가 있어 마루에 걸터앉아 수작을 부린다.

그 고장 특산물을 칭찬해 가며 능글차게 식사 쪽으로 유도를 한다. 유도에 넘어간 주인은 막걸리까지 곁들여 근사하게 한 상을 차려 온다. 염치 좋게 밥 한 사발을 뚝딱 해치우곤 밥값 치를 궁리를 하며 생트집을 부린다. 술이 시고 반찬이 맛이 없다고 주인의 염장을 질러 놓는 것이다.

얻어먹는 주제에 반찬 타령을 한다고 약이 오른 주인은 낚아채듯 돈을 받는다. 밥값을 주고 싶은 마음에서 반사 심리를 이용한 나름대로의 지혜를 짜본 것이지만 아무래도 어설프기만 했다. 집을 나오며 고의가 아니었다고 정중히 사과하면 받은 돈을 되돌려 주겠는가?

결혼 초엔 늘 이런 식이라 몇 번 따라 다니던 집사람은 관광 소리만 나오면 아예 손사래부터 친다. 그래서 얻은 별명이 정수동이다.

정수동의 일화를 소개한다. 본명은 정지윤이고 나의 9대 조부가 된다. 마나님께서 산달이 되어 산통이 시작되었다. 보다 못한 정수동은 약방으로 약을 지으러 가는데 저만치서 친구 둘이서 금강산 구경을 간다고 한다.

정수동 왈, "아— 이 사람들아 자네들만 가긴가? 나도 감세?" 하면서 따라나선다. 방금 전까지만 해도 지어미가 산통하는 것을 까맣게 잊어버리고 정수동은 친구 따라 금강산으로 줄행랑을 친 것이다.

이쯤 되면 낙천주의도 도를 넘었다. 음풍농월吟風弄月 속에 구경을 마치고 집엘 오니 집안에 잔치가 벌어진 것이다. 일년 전 정수동이 삼천포로 빠질 때 낳은 아이가 돌이 됐던 것이다. 요 즘 같으면 무책임한 남편으로 하늘에다 대고 도리질을 해도 시 원치 않을 판인데 때가 조선시대인지라 어느 존전이라고 큰소 리를 치겠는가!

돌아와 준 것만도 고마워서 마나님 왈, "객지에서 고생은 안 하셨는지요?" 그저 읍소, 읍소로 머리만 조아리니 지금의 여 자분들 참으로 세상 잘 만난 것 같다.

정수동이 행세를 하려고 한 것은 아니고 성격이 그렇지만 아 무래도 혹이 붙으면 좋은 소재를 얻을 수가 없어 조금은 꼼수 를 부렸던 것이다.

여천지무궁與天地無窮이란 말이 있다. 이런 때 김삿갓이 떠오르 지 않으면 어찌 풍류객이라 하겠는가?

해방과 국토의 분단 현실

　❖❖❖❖❖　제2차 세계대전이 연합군의 승리로 끝났다. 동시에 한반도를 독립시킬 것을 1943년 미국, 영국, 중국 3개국 수뇌들이 카이로에서 합의를 보았다. 같은 해 7월에 포츠담 선언에서 소련이 가담하며 한반도의 통일이 결정되는 듯했다. 하지만 그것은 한반도의 암운을 알리는 전주곡에 불과했다.

　광복절과 6.25를 반추해 보자. 일본의 무모한 작전은 진주만(하와이)을 폭격했다. 이것이 도화선이 되어 미국은 '히로시마, 나가사키'에 원자탄 2방을 투하하게 되었던 것이다. 일본 천황은 무조건 항복했고, 한반도는 해방의 기쁨을 맞이하게 된다. '흙 다시 만져보자. 바닷물도 춤을 춘다.' 광복절 노래를 부르며 태극기를 들고 나와 감격의 만세를 부른 것이 이른바 8.15 해방, 곧 광복절이다.

　그것도 잠시였다. 대한민국이 순조롭게 안정을 찾아가자 북한 공산집단은 소련과 중국을 등에 없고 온갖 수단을 동원하여 남한을 방해공작했다. 대구, 제주도 폭동을 비롯하여 여수·순천반란사건 등을 일으켜 무고한 양민을 학살하고 산업시설을 파괴하는 만행을 저질렀다.

그러다 마침내 1950년 6월 25일 불법적인 남침을 감행하여 동족상잔의 비극을 초래하게 된다. 남북의 분단은 단순히 국토의 분단만이 아니었다. 같은 민족끼리 총부리를 겨누며 싸우는 민족적 비극을 잉태한 것이다. 사상과 이념은 분쟁으로 점철되어 김구, 조만식, 박헌영, 여운형 같은 거두들이 이데올로기에 희생이 됐고 많은 애국지사들이 무고히 암살되었다.

16개국 연합군의 참전으로 1953년 7월 27일 정전 상태로 휴전이 되었지만 피해는 엄청났다. 포화 속에 국토는 초토화되었고 전사자, 행방불명자, 부상자, 납치된 사람들과 수백만의 이재민을 낳았으며, 사회질서와 안정은 무너지고 중요한 산업시설들은 파괴되었다.

유엔군도 많은 사상자를 냈으며, 많은 북한 동포들은 자유를 찾아 월남하게 이른다. 더욱이 공산군 포로 중에서도 4만여 명이 돌아가기를 거부하고 자유의 땅에 남았다.

미국과 소련은 애초부터 한반도를 통일시키려는 마음은 안중에도 없었다. 38선을 경계로 남한에는 미군이, 북한에는 소련군이 진주하여 그들만의 이속만 챙겼다. 때문에 우리 국민이 그토록 염원하는 통일은 점점 멀어지게 된 것이다. 북한 공산주의자들은 사회주의의 기초를 닦기에 혈안이 되었고, 남한에서는 미군들에 의해 신탁정치를 하기에 이른다. 사태를 이 지경으로 만든 것은 독립투사들의 책임이 크다. 적극적인 대화가 결여된 채 논공행상에만 열을 올린 것이 원인이다.

원인이야 어떻든 동강난 나라에서 정치하는 위정자들의 고충도 심히 딱하다. 미국을 믿지 말고, 소련에 속지 말고, 중국은 음흉한 오랑캐들이라고 했다. 일본은 다시 올 테니 두고 보자고 쫓겨 가며 남긴 말이 고스란히 유산으로 남아 괴롭히지 않는가?

촛불 시위는 안 된다. 그러나 촛불 시위하는 걸 반사회단체로 치부하는 것도 안 된다. 민족의 자존심을 지키자는 국민들의 촛불 시위를 무조건 탓할 일만은 아니다. 백만이 넘는 인파가 생존이 걸려 있는 문제를, 나라를 전복시키려는 반민족행위자로 매도하는 것은 곤란하다.

민주국가는 언제고 반사회단체가 있기 마련이다. 투쟁을 하는 속에서 건전한 민주주의가 발전하게 되는 것이다. 그것을 반민족 좌경으로 몰아붙이는 선입견도 한물 간 이념이다.

소고기 파동으로 자동차 관세가 엄청난 피해를 볼 거라는 두려운 생각은 버리자. 쓸데없는 고민이다. 이미 미국은 알 듯 모를 듯 빼앗아 가고 있다. 한 묶음에 빼앗아 가면 세계 여론도 있고, 그들의 경제에도 불리하니까, 시나브로 잠식하겠다는 것이다. 이것은 미국 정부의 불변의 제도다.

어차피 타협이 안 될 바엔 당당하게 맞서자. 미국과 쌓인 현안들이 첩첩산중인데 협상을 할 때마다 양보하고 주눅이 들면 타협은 점점 굴욕적이게 된다.

한국은 해방과 6.25의 낡은 보은에서 탈피하여야 한다. 그동안 우리는 미국에게서 받아 온 원조는 갚고도 넘친다. 맹신하자는 뜻이 아니라면, 지긋지긋한 굴레에서 벗어나 상호 우방국으로서의 위신을 살려야 된다. 미국에는 비굴하리만치 온순하고 같은 민족인 북한과는 쌍심지를 켜는 모순도 고쳐야 한다.

침략자의 근성은 미국이나 일본이나 대동소이하다. 목적만 이루면 돌변하는 것이 제국주의자들의 근성이다. 미국은 인디언을 몰아내고 군림했다. 일본은 아시아를 유린했다.

이명박 대통령의 호의를 부시는 너무 냉대했다. 이래서야 어찌 우방이라 할 수 있으며, 강대국(미국)은 이명박 대통령께 일을 할 수 있게끔 힘을 실어 주어야 상호 우방으로서의 유대가 돈독하여지리라 생각한다. 칼자루를 뺏었다고 하여 모르쇠로 일관하고 있는 미국을 과연 우방이라고 할 수 있는가?

반세기가 지난 지금도 소리 없는 총성은 울린다. 위정자들은 정치 싸움에만 혈안이 되어 있다. 지금이라도 정신을 차려 8.15 해방과 6.25 한국전쟁이 남겨준 역사적 교훈을 더욱 심도 있게 교과서에 반영하여 2세들에게 교육하는 것이 시급한 문제다.

한얼 어울림 한마당을 보고

♣♣♣♣♣ 12월 21일 한국의 얼과 문화를 캐나다 땅에 뿌리 내린다는 취지로, 한글학교 어린이들이 우리의 전통적 국악과 다채로운 춤을 가지고 재능을 한껏 뽐냈다.

이날 거행된 행사에는 이사진 및 학부형들 3백여 명이 참석한 가운데 성대히 치러졌다.

한맘 한글학교 어린 학생들의 꼭두각시 춤은 조선시대 관리들의 부패를 신분이 얕은 하급사회에서 양반들을 해학과 풍자로 조롱한 탈춤이다. 어린 학생들이 깜찍하고 앙증스러운 동작에 폭소를 자아냈다.

뒤이어 계속된 창부타령, 밀양아리랑 노랫가락에 맞추어 춘 부채춤은 그야말로 천상의 선녀들이 너울대는 것처럼 황홀하였다. 나풀대는 춤사위로 봄바람에 나부끼는 살구꽃처럼 하늘거린다. 학같이 은은히 풍기는 영롱함은 청중들의 넋을 뺏아가기에 충분했다.

마지막 끝맺음을 할 때 부채꼴의 섬세함은 봉황이 승천하는 듯 환상적이었다.

신라악사 '우륵'이 다시 태어났다 해도 놀랐을 것이다. 가야금 연주는 청아한 음색으로 물이 흐르는 듯 단아하다. 그러다가도 어느 순간 일진광풍을 일으키며 휘몰아치는 선율은 엉덩이가 들썩일 정도로 신명이 나 더덩실 춤이라도 추고 싶은 충동이 생긴다.

예로부터 가야금 음률은 단조로우면서도 섬세한 면에서 여자로 비유가 되었고, 거문고는 웅장하고 둔탁한 소리를 내어 남성을 상징하며 부부의 삶을 표현하였던 것이다. 왕산악, 백결 선생의 떡방아 타령도 유명한 이야기로도 전해 오고 있다.

놀이마당의 팽이 돌리기, 제기차기도 잠시나마 옛날을 돌아보게 했다. 우리들 어렸을 때는 팽이를 깎아 밑 부분에다 못이나 구슬을 박아 놀이를 했다. 팽이싸움을 하면 팽이채를 힘껏 쳐서 상대방 팽이에다 부딪친다. 그리고는 누구 팽이가 오래 도느냐에 따라 승패가 결정된다. 콧물이 발등을 찍게 흘러도 소매 끝으로 쓰윽 문질러 버리며 팽이치기에만 정신이 없다. 한해 겨울을 지나면 소매 끝은 가죽같이 딱딱하게 굳어져 부모님들로부터 야단맞는 일은 예사였다.

제기차기 역시 어릴 때 향수를 들추어냈다. 검정 고무신에다 네모난 각대기를 끼고 제기를 차면 백번까지도 무난하게 찬다. 동심으로 돌아가 제기를 차지만 의욕만 앞섰지 다섯 번을 못

찬다.

가든 한글학교 어린이들의 소고춤 소고잡이는 전복戰服에 상복이 달린 전립戰笠을 쓰고 자루가 달린 소고를 치며 연꼬리처럼 긴 띠를 돌리며 경쾌하게 움직이며 춤을 추는데 어른들도 어려운 춤이다.

비록 구색은 갖추어지지는 않았지만 어린이들이 앙증맞게 추는 바람에 매료되어 박수가 끊이질 않는다. 처음에는 흥을 돋우기 위하여 느린 장단으로 시작하다가 점점 흥에 겨워 자진모리 장단에 맞추어 활발한 춤사위를 펼치는 고풍스럽고 소박한 춤이다. 소고춤은 우리나라 고유명절 행사에도 어김없이 등장하는 춤이다.

불광사 한국학교 학생들의 꽹과리, 장구, 북, 징 네 가지 악기를 동원시킨 사물놀이 춤은 그야말로 청중들을 흥분으로 열광시켰다. 쇠가락이 빠르고 박진감이 넘쳐 어울림 한마당에 주도적 상쇠 역할을 톡톡히 하였다.

원래는 고달픈 농정사회에 농민의 힘을 아우르기 위해 생긴 춤인데, 전국으로 확장되면서 봉산탈춤, 북청사자놀이, 송파남사당패의 걸쭉한 풍물들을 배출시켰다. 최근에 와서는 '쾌지나칭칭나네' 라는 대중가사에도 뛰어들었다.

해방 직후 심한 기근으로 한때는 농촌을 배회하며 재앙을 물리친다는 명목을 내세워 본래의 뜻을 벗어나 집집마다 방문하여 원치 않는 횡포를 보였던 것이 남사당패의 옥에 티다.

이 사진들이 아리랑과 고향의 봄을 끝으로 한얼 어울림 한마당 축제는 성황리에 끝을 마쳤다.

이 뜻 깊은 자리를 마련한 한글학교 회장님, 선생님 일동, 이사회 이사장님을 비롯해 모든 분들께 이사의 한 사람으로서 진심으로 감사를 드린다.

특히 학교의 명예를 걸고 새싹들을 꽃피우시느라 수고를 아끼지 않으신 선생님들께 감사 드리고, 노고가 눈물겨워 치하드린다.

당신들이 있음으로 해서 우리 동포 사회가 무궁한 발전을 할 것이라 믿어 의심치 않는다.

히딩크

♣♣♣♣♣ 2002년도에 온 국민을 축구의 도가니 속으로 몰아넣었던 히딩크가 한국에 왔다 갔다. 그날의 함성이 아직도 귓가를 울린다. 탁월한 지도력과 환상의 전술로 축구를 모르던 일반인들까지도 축구를 깨닫게 한 그였다. 우리나라 축구 발전에 한 획을 긋는 역사적 평가를 받을 만한 인물이라 해도 손색이 없다.

그런 그가 한국에 오자마자 시각장애자 어린이들을 위하여 전용구장을 만들어 가르친다고 하니 고맙기 그지없다. 그의 강인한 이면에 어떻게 이런 훈훈한 자상함이 숨어 있는지 존경스럽다.

2002년 월드컵을 성공적으로 마치고 한국에서 받은 사랑에 보답할 수 있는 방법을 생각하던 중 여자 친구 엘리자베스의 조언으로 생각했다며, 앞으로 월드컵 경기가 열렸던 모든 지역에 드림필드를 설치할 계획이란다.

천하를 움직이는 건 남자다. 그 남자를 주무르는 것은 여자라 한다. 즉 베갯잇 상소로 남자를 녹인다는 한국의 속담이다. 이런 큰 사업을 여자 친구 말 한 마디에 결정한 것을 보면 히딩크 역시 여자에겐 약한 것 같다.

나는 이태리와 포르투갈 사람들이 운집해 사는 세인트 클리어(ST. Clair)에 살고 있다. 2002년 세 번째 경기인 포르투갈과의 대전에서 승리한 것을 독자들도 기억하시리라. 승리에 고무돼 가끔 가는 포르투갈 레스토랑에 들어갔다.

실내 공기는 심상치 않았다. 경기에 진 포츠계인들의 홍분이 아직도 냉랭하고 살기마저 돌았다. 그들은 전부터 내가 한국인이라는 것을 알고 있었다. 들어서자마자 판정에 대한 불만을 이구동성으로 나에게 털어대는 것이었다.

직감적으로 사태가 험악하다는 것을 느끼곤 슬며시 자리를 피했다. 며칠 후 이태리까지 이기는 날은 더했다. 포츠계인은 비교적 온순한 편이었는데, 이태리인들은 '무솔리니'의 피를 받은 후세들이라 그런지 포악스럽고 다혈질이다.

의도적으로 시비를 걸어왔다. 주인의 제지로 위기는 넘겼지만, 지금도 그때 일을 생각하면 섬뜩하다. 주인 역시 위로한답시고 하는 말이 초록은 동색이다.

막대한 경비를 들이고 또, 홈그라운드의 이점은 이해하지만 자기도 심판의 판정에는 불만이라는 것이다. 외롭지만 그 자리에서 꼼짝도 하지 않았다. 비현실적이지만 보이지 않는 그 어떠한 조물주에게 항의를 하고 있었다. 여기서 물러나면 축구에 진다는 신념 때문이다. 더욱이 민족의 자존심이 걸린 가냘픈 애국의 한 토막이 나를 잡고 놓아주지를 않기 때문이었다.

그 후 이태리 사람들은 거의가 우리 가게를 안 오다가 작년에 월드컵을 제패하고는 보란 듯이 우리 집에 와 2002년도를 떠벌리며 기고만장한다. 말문이 막혀 홈그라운드 이점을 부인하지 못했다. 우리가 그들의 말대로 홈그라운드의 덕을 본 건지 심판의 편파 판정은 없었는지 따지고 싶지 않지만 마음 한구석에는 그들의 말을 수긍하고 있었다. 더욱 요즘 축구의 지지부진한 것을 볼 때 이긴 경기라고는 단정할 수가 없다.

석연치 않은 편파 판정을 히딩크를 영웅시하여 그에게 모든 책임과 공을 전가시켰다면 히딩크로서는 영광이겠지만 우리에게 돌아오는 것이 무엇인가. 필요 이상으로 그를 띄우고 소란을 피우면 우리 축구 관계자들에게도 사기와 자존심의 문제가 될 수도 있다.

될 수 있는 한 우리 힘으로 국력을 키워 명실 공히 세계를 제패하는 힘을 키워야 한다. 남의 나라 감독을 수입해서 이겨봐야 무슨 의미가 있는가?

행복한 투정

❋❋❋❋❋ 인기리에 방영되었던 주말연속극 '엄마가 뿔났다' 가 많은 시청률을 올리며 대단원의 막을 내렸다. 주역들의 독특한 개성과 상투적이지만 맛깔스런 화술은 시청자들의 인기를 끌기에 충분했다. 주역들의 재능도 재능이지만 이렇게까지 시청률이 오른 것은 김수현 작가의 뛰어난 언변술과 연출력이 돋보인다. 우리 주변에서 흔히 볼 수 있는 보편적 생활상을 적나라하게 묘사한 것이 이 드라마의 특징이다. 십여 년이나 연상인데다 아이까지 딸려 있는 과수댁을 죽자 사자 따라다니는 허섭스레기 같은 드라마에 비하면 신선미가 넘친다.

어눌하고 바보 같으면서도 할 소리 다하는 양파같이 속이 꽉차 있는 세탁소 아들, 필요할 때마다 눈물로 호소하며 남편을 내조하는 아내의 재치가 밉지 않다. 이따금 신랑한테 대놓고 하는 욕도 미우면서도 애교스럽다. 오히려 변호사인 누이와 부잣집으로 시집을 간 동생보다 살갑게 산다.

위로는 아버지를 모시고 아래로는 식솔들을 어르고 달래는 백일섭의 능글스런 익살은 허풍스럽지만 요즘 한국 사회의 생활상을 그대로 노출시킨 것이 상징적이다.

아내를 외지로 보내고 마음 편할 남편이 있겠는가. 흐흐대며 내색은 안 하지만 금방 울음이 터질 것 같아 차라리 오열이라도 한바탕 하는 편이 나을 듯싶다.

강부자의 술주정은 이웃집 아줌마를 보는 것 같다. 술에 젖어 떡이 되어도 집안에서 큰 소리는 독판이다. 이 정도면 왕따가 될 만도 한데 술이 깨면 언제 그랬더냐 식으로 충청도 질그릇 같은 질박한 언변으로 식구들을 꼼짝 못하게 압도한다.

인생의 고뇌를 혼자 지닌 듯, 말할 때마다 눈물이 터져 나와 극중 아닌 실제 황혼기에 접어든 할머니들의 자화상을 보는 듯하다. 자기 모습이 서러워서 더 눈물이 나오지 않나 싶은 생각이 든다.

변호사 부부가 서로 엉키어 소리가 나도록 벌이는 진한 입맞춤은 민망할 정도로 관능적이다. 안방에서 보기가 부담스러웠다. 가족과 같이 보는 자리라는 것을 감안한다면 지성인들의 행위는 열두량짜리 인생이다.

지적이고 도도하게 보이려는 장미희, 나쁘게 말해서는 발칙하다. 어느 남편이 이런 여성과 살면서 숨통이나 제대로 터지겠는가? 그녀 나름대로 군림한다고 기쁨의 쾌재를 부리는 것 같지만 속빈 강정 같은 허장성세다. 져 주는 척하면서도 속으로 이기는 남편이 덕성스럽다.

변호사 딸과 변호사 사위를 가진 김혜자의 독백은 가진 자의 넋두리다. 이 정도면 세상 부럽지 않은 대한민국 사회의 최상의 가정이다. 무엇이 부러워 집을 나갔는지 모르겠다. 자기 인생을 호젓이 갖고 싶다고 푸념을 하지만 집에서도 얼마든지 누릴 수 있다.

시아버지고 남편이고 누구 하나 뭐라고 하는 사람이 없다. 집안 식구들의 애를 먹이며 굳이 외지로 돌아야만 했을까? 평생 집안일에 식상되었던 몸이 셋방에서 혼자 뒹굴면 마음이 편했을까? 이것은 독야청청이 아닌 잔잔한 반란이다.

자기 인생 갖고 싶어 집을 나간다면 집 안 나갈 주부들 몇이나 되겠는가? 자식 잘 키워 보려고 가정부도 마다않고 몸부림을 치는 주부들에게 자의식 과잉을 초래한 염치없는 욕심이 아닐까? 보상심리를 부추긴 주부들의 내면세계를 적절히 표출한 것이 인상적이나 모순점도 배제할 수 없는 것이 흠이고, 빈부의 차이가 이 드라마의 옥에 티다.

연기 역시 객관성을 벗어난 주관적이다. 그녀 나름대로 개성을 살려 시청자들을 자기 영역에 묶어두려고 하지만 필요 이상 해살을 떠는 것이 '전원일기' 때와 비교가 돼 실망스럽다. 물론 배역이 달라서 그렇다고 하겠지만 도시 야살스럽다.

팔십을 바라보는 나이에 사랑에 빠지는 이순재와 전양자를 보면 분명히 주책이지만 그래도 시청자들이 즐겁게 보는 것은 노련한 연기 덕이 아닐까……

재수 옴 붙은 날

♣♣♣♣♣ 고국에 지하철은 너무 많이 변해 있었다. 지하철만 변한 것이 아니라 사람도 변해 있었다. 내가 이민 올 무렵에는 지하철에서 술에 취해 흥청거리는 것은 남자들뿐이었다.

여성들이 술 먹고 차를 탄다는 것은 생각할 수도 없었던 시절이었다. 15년이 흐른 지금은 남자들이 무색할 정도로 여성 취객들이 많이 늘었다. 퇴근 때만 되면 하나같이 술이 얼큰해서 건들거리는 것을 보면 격세지감이 느껴진다. 오히려 그렇지 못하고 얌전히 앉아 있는 여자가 이상스럽게 보일 정도다.

지하철 노선도 많이 늘어나 어리둥절할 때가 한두 번이 아니다. 그저 인파를 따라 발만 들면 관성의 법칙대로 차 속으로 밀려 들어간다. 굴곡도 심하여 지하철을 한 번 옮겨 타려면 조그마한 '뫼' 를 넘는 것처럼 숨이 턱에 차오른다.

오늘도 늘 하던 대로 차에 올랐다. 여학생이 "할아버지, 여기

않으세요?”하며 자리를 내어준다. 얼떨결에 할아버지 소리를 들으니, 벌써 이렇게 늙었나 싶은 공허감을 떨칠 수가 없었다. 불편한 마음에 그 자리에 앉을 수가 없었다.

내리는 척하고 슬며시 일어났다. 다른 칸으로 건너가 아예 문 옆에 기대어 창밖만 바라보는데 또 한 학생이 상냥하게 웃으면서 억지로 끌다시피 자리에 앉힌다.

고마움과 미움의 미묘한 갈등이 생긴다. 중노인 서너 명이 왁자지껄하며 차에 오른다. 그들은 주위는 의식하지 않고 떠들어댄다. 그중 건장한 사람이 큰소리로 “김 선생, 어디 앉아 가셔야지요?” 소리를 지르는 것이었다.

얕은 잠에 취해 있던 학생이 깜짝 놀라며 황급히 일어나 자리를 내어준다. 분명히 자리가 없는데도 큰 소리를 쳐 자리를 뺏는 그의 수단은 고단수다. ‘고맙다’ 소리 한 마디 안 하고 당연하다는 듯이 털썩 앉아서는 고개를 주억거린다. 하는 행동이 어지간히 집에서 권위를 부리는 가부장인 것 같았다. 수족이 불편한 것도 아니고 건장한 사람이었다.

‘이 양반 손녀 딸도 없나’ 속으로 밉기까지 하였다. 나이를 먹을수록 초연히 늙어야겠다고 마음 속으로 다짐하여 본다. 이런 저런 생각으로 심사가 틀리는데 나의 앞에 앉았던 사람이 자리에서 일어나 내린다.

연배 되는 사람이 없나 좌우를 살피는 동안 꼬마가 쪼르르 다가와서 자리에 탈싹 앉는다. 어이가 없어 “몇 살이냐”고 물으니 “열두 살이에요” 하고는 까만 눈동자를 대록거린다.

“이게 누구 자리지?”

“제 자린데요.”

“어째서 네 자리지?”

“제가 먼저 앉았으니까요.”

이쯤 되니 할 말을 잃고 만다. 더더욱 가관인 것은 꼬박꼬박 말대답을 하는 아들이 자랑스럽다는 듯이 젊은 엄마는 연신 웃고만 있었다. 총명함과 버릇없음을 구별도 못하는 엄마가 안타까웠다.

혼란스러운 마음을 간신히 추슬렀을 때는 이미 차는 목적지를 몇 정거장을 더 지나고 있었다. 부리나케 전철에서 내려 반대 방향으로 건너온다는 것이 그만 밖으로 나오고 말았다. 당황한 나머지 그 동안에 있었던 일을 역무원에게 얘기하자 친절하게 안내를 해주어 다시 돌아오는 전철을 탈 수가 있었다.

돌아오는 차는 비어 있었다. 술이 술을 먹은 젊은이가 아예 나의 어깨를 베개 삼아 기대며 어눌하게 전화를 건다.

“응! 응! 나 지하철이야. 모든 것이 잘 됐어. 전세 돈은 빼어 세입자에게 주고 새로 들어오는 세입자와 재계약을 했어? 알지. 먼젓번 그 ○관? 시간 어기면 안 돼? 카시미론 이불 깔고 기다릴 테니까?”

난 주정뱅이를 밀치듯 떼어놓곤 지하철역을 나오니 중국으로부터 날아온 지독한 편서풍 황사가 엄습해 온다.

정말 재수 옴 붙은 날이다.

9회 말의 땡벌들

♣♣♣♣♣ 한국의 야구가 2008년 8월 22일 베이징 '우커쑹' 메인구장에서 벌어진 쿠바와의 결승전에서 대망의 금메달을 거머쥐었다. 파죽지세로 9전 전승을 하고 결승전도 역전을 시키며 전 세계의 야구팬들을 흥분시켰다. 역대 어느 게임보다 박진감이 있고 스릴이 넘치는 환상적(fantastic)인 경기였다. 이번 올림픽을 끝으로 마지막을 고별하는 운동이기에 아쉬움이 더하고 청사에 길이 빛날 전설적인 신화로 영원히 남을 것이다.

과거에도 이와 흡사한 경기가 잠실야구장에서 있었다. 1982년 일본과 세계선수권대회 때 최종전에서 김재박 선수의 황금 같은 번트는 잠실벌을 열광의 도가니로 몰아넣었다. 1사 2루에서 높게 날아온 볼을 개구리 번트를 쳐 2루 주자가 홈인하며 동점이 되었고, 후속으로 터진 한대화의 3점포는 일본 야구를 역전시켰던 것이다. 그 여운이 중국 베이징 올림픽 경기장에서 재현되어 새삼 감개가 무량하다.

쿠바와의 결승전은 한 편의 드라마였다. 9회 말 유현진이 던진 스트라이크를 1 아웃에 볼 카운트는 투 쓰리 풀카운트에서 '푸에르토리코' 주심이 볼로 판정을 해 쿠바의 주자들은 올(all) 세입(safe)의 만루(full-base)가 된 것이다. 그야말로 안타 한 방이면 끝나는 절체절명의 위기였다.

꽉 차 있는 상태에서 김경문 감독의 지략은 탁월했다. 곧바로 투수 정대현, 포수 진갑용으로 과감하게 교체한 것이 절묘하게 맞아떨어졌다.

투수판에 오른 정대현은 얄미우리만치 침착하였다. 연이은 '스트라이크'로 쿠바의 타자를 침몰시킨 것이다. 마지막 투구 역시 '스트라이크'였다. '어퍼커트'(uppercut)로 휘어져 들어오는 공을 쿠바 선수가 받아친 것이 내야 땅볼로 굴렀다.

일사분란한 선수들의 동작은 전광석화 같았다. 유격수 박진만이 걸어 올린 볼이 2루를 거쳐 1루에 있는 이승엽에게 오는 시간은 찰나였다. 상큼한 병살타(double-play) 한 방이 우커쑹 메인구장을 흥분의 도가니로 몰아넣었고 감독과 선수들은 한 몸이 되어 춤을 추었다.

주심의 편파 판정과 중국 관중들의 야유에도 불구하고 이긴 경기라서 더 격한 감정에 울컥하다.

쿠바가 코리아에게 이토록 허무하게 무너지리라고는 아무도 예측하지 못했다. 만루에서 '희생플라이'(sacrificefly) 한 방이면 동점이 되고, 짧은 안타에도 역전이 될 수 있는 절호의 기회를 병살타로 놓친 것이 쿠바로서는 두고두고 아쉬움으로 남는 경기였다. 주심의 노골적인 편파판정은 한국에겐 '전화위복'이 되었고, 결국 승리를 안김으로써 '사필귀정'이 된 것이다.

이에 앞서 한국은 숙적 일본을 물리치고 결승전에 올랐다. 6회까지 0-2로 끌려 다니던 한국팀이 역전하게 된 것은 7회 말에서부터였다. 이진영의 적시타로 2-2 동점을 만들었고 역전은 8회 말에 시작되었다.

그동안 침묵을 지키던 이승엽의 방망이에 불이 붙었다. 1사 1루에서 타석에 들어선 이승엽은 일본 투수 이와세의 직구를 그대로 올려쳐 투런 홈런을 날리며, 결국 일본을 6-2라는 큰 스코어 차이로 여유 있게 따돌렸다.

일본 호시노 감독이 끊임없이 떠벌인 오만방자함과 메이저리그 타격왕 '이치로'의 한국 야구에 30년을 앞섰다는 입방정으로 심사가 뒤틀리면서도 묵묵히 게임에만 집중한 우리 선수들의 뚝심 앞에 무기력하게 무너지는 그들에게 조용히 외쳐주고 싶다. 말로써 말 많으니 말뿐이라고, 때 맞추어 독도문제로 대일감정이 고조되어 있는 상태에서 이승엽의 홈런은 우리의 울분을 일시에 씻어주는 시원한 오아시스였다.

올림픽 역사상 가장 흥미진진했고, 어려운 여건 속에서도 꿋꿋하게 신화를 창조한 대한의 건아들에게 무한한 찬사를 아끼지 않는다.

9회 말의 사나이들이여! 정말로 장하다. 그리고 고맙다.

7.4 공동성명을 회고하며

✦✦✦✦✦ 별이 떨어졌다. 영욕의 세월에서 권력을 누리던 그도 세월에는 장사가 없다고 역사의 뒤안길로 사라졌다. 어쨌든 간에 그도 한 세월을 풍미했던 인물임엔 틀림없다.

"예! 제가 북한을 다녀왔습니다."

이후락 중앙정보부장의 첫 일성이었다. 난 지금도 그의 허스키하고 카랑카랑한 음성이 귀에 쟁쟁하다. 출근하던 사람들은 발길을 멈추고 TV가 있는 곳에 귀를 기울이고 있었다. 그의 한마디는 시민들의 귀를 의심케 하였다. 뜬금없이 중앙정보부장이 '제가 평양을 다녀왔습니다' 하니 놀라지 않을 국민이 어디에 있겠는가? 당시로서는 정부 요인이고, 외무부 요원이고 아무도 북한을 가리라고는 꿈에도 생각지 못했으니까 놀라는 것도 무리가 아니었다. 그 일로 시내는 한때 경악과 흥분으로 술렁거렸다. 늘 거만하던 그가 이날 따라 더욱 위풍당당하였다.

‘봐라! 내가 이런 큰일을 하지 않았느냐’ 하는 자만심이 넘쳤다.

그로부터 남북조절위원장들이 오고 가고 금방 통일이 될 것 같은 기분에 실향민들 얼굴에는 활기가 넘쳐 흘렀다. 그 무렵 난 제일은행 본점 전화기계실에서 근무를 할 때였다. 신세계 백화점과 제일은행은 같은 건물이었다. 마침 신세계 옥상에서 기자회견을 하였기 때문에 그들의 정보를 얻기가 수월했다.

신세계 빌딩에서 남북조절위원들의 기자회견이 있던 날이다. 행색이 갓 서울 구경 온 섬사람 같았다. 그들은 북쪽에서 선동한 대로 남한은 거지들만 우글거리는 지옥으로만 생각해 왔는데, 남한의 발전을 보고 동요하는 빛이 역력했다.

김일성의 쇄국정책으로 고립된 북한 주민들의 시야가 좁은 한계였다. 이에 당황한 북한 당국은 이 핑계 저 핑계로 회담을 연기했고, 남한은 어렵게 트인 물꼬를 놓치지 않으려고 집요하게 물고 늘어졌다. 하지만 북한의 회피성 무성의로 지리멸렬하게 오늘까지 이어지고 있는 것이다.

그때의 일화를 소개한다. 남한 기자가 평양 거리에 안내차를 타고 가다 로동신문을 대충 보곤 아무 생각 없이 주머니에 꾸겨 넣었다. 이를 본 운전기사가 소리를 지르며 당장 신문을 꺼내라는 것이었다. 영문을 모르고 기자가 이유를 묻자, “어되매! 위대한 수령 김일성 수령님의 사진이 실린 신문을 함부로 꾸기느냐”는 것이다. 기자는 정중히 사과하고 신문을 다시 꺼냈지만, 남한 같으면 대통령 얼굴이 실린 신문에 물을 뿌려도 누가 말하겠느냐는 것이었다.

김태희 단장이 서울 시내에 붐비고 있는 택시를 보곤 장기영 사장에게 "여보라이? 당신 왜! 남한 전역에 있는 차를 전부 서울에 모아 놓은 거요?" 하자 장기영 사장이 어이없다는 듯, "여보! 김 단장? 그걸 말씀이라고 하시오? 그렇다면 당장 내려가서 빌딩에도 바퀴가 달렸나 조사를 해보쇼?"

장기영 사장의 말에 김태희 단장이 코가 납작해지며 머쓱했다는 얘기다.

남한에 와서 백합 정종 맛을 보고 간 김태희 단장이 그 맛이 좋았던지, "거! 남한에 백합인지 정종인지 하는 거, 맛이 좋다구만! 그 술 가져 왔시오?" 북한 단장이 입맛을 다시자 다시 남으로 급히 내려와 가져갔다는 얘기다.

1960년대에 일본은 조총련 한 사람이라도 내쫓으려고 안간힘을 쓸 때 일이다. 북조선은 살기가 지상낙원이고 천국이라는 감언이설로 선동을 했다. 거기에 속은 조총련 동포들은 북송을 지원하는 데 열을 올렸다.

어느 북송자는 꽤나 영특했나 보다. 그가 북한에 와서 보니 거리는 엉망이고, 집들이고 거리고 초라했다. 군데군데 화려하게 꾸민 아파트도 위장된 것 같은 느낌이 들었다. 고민하던 그는 기다리는 식구들에게 편지를 썼다. 듣던 대로 북한은 살기 좋은 천국이다. 한시도 지체하지 말고 빨리 오라고 허투로 써 놓곤, 오긴 오되 다만 엊그제 약혼한 조카 장가나 보내고 오라고 썼다.

편지를 받아 본 일본의 가족들은 망설였다. 조카라야 엊그제 돌이 지난 어린 애기밖에 없는데 뜬금없이 애기를 장가 보내고 오라니, 이상한 생각이 들은 것이다. 식구들이 곰곰이 생각해 보니 돌 지난 애기를 장가를 들여가자면 최소한 20년도 더 걸릴 것이다. 생각이 여기에 미치자 무언가 잘못되었다는 생각을 하게 된 식구들은 오지 말라는 뜻으로 생각하곤 북송을 포기했다고 한다. 그는 일본 정부와 북한 당국의 철저한 사전 편지 검열을 교묘하게 피하며 위기를 면했던 것이다.

내가 이후락 중앙정보부장에 대해 잘 알 수 있었던 것은 그를 근거리에서 마주치면서부터다. 물론 직접 그를 본 것이 아니다. 간접적이지만 필연이기엔 너무 우연의 일치였다.

그의 별장은 '정님'(경기도 광주군 서부면 감2리)이라는 곳에 있다. 그의 별장이 나와 개천 하나를 끼고 있었다. 정확히 말해 나의 집과는 불과 500미터도 안 되는 위치다.

지금은 행정구역이 바뀌어 '하남시'로 되어 있다. 말이 별장이지 굳게 닫힌 철문은 철옹성처럼 잠겨 있었다. 인기척이 없어 사람이 언제 왔다 갔는지도 모르게 적막만 흐른다.

난 당시 동명전자주식회사에 근무를 하였다. 전화시설만 취급하는 큰 회사였다. 중앙정보부 교환대를 설치하러 청주지점에 내려갔을 때 일이다. 2개월 정도 걸리는 공사였다. 하늘을 나는 새도 떨어트린다는 말만 듣다 실지 겪고 보니 실감이 났다. 중앙정보부 청주지점은 청주시 초입에 있다. 그 맞은편에는 파출소가 있었다.

중앙정보부 경비원이 술에 취해 파출소 순경을 부른다.

"야! 너, 영점 5초 내로 뛰어와!"

파출소에 대고 소리를 지른다. 순경이 턱에 숨이 차게 달려와 부동자세로 거수경례를 한다.

만약 그렇지 않았다간 술에 취한 중앙정보부 요원에게 떡이 되게 터진다. 이들은 대개가 군대에서 말뚝을 박았던 하사관들이다. 5.16 당시 공수부대 출신들이었다. 일거일동이 군대식이다.

이후락 중앙정보부장의 논공행상은 지방 구석구석까지 깊이 관여 안한 곳이 없었다. 그야말로 백그라운드의 횡포였다.

"야! 내가 피곤해서 그러니 오늘밤 여기서 근무 좀 해!"

명령을 한다. 어느 영이라 거역하겠는가?

군소리 없이 밤새도록 보초를 서야 한다. 이것은 약과다. 파출소 순경들이 부재시에는 파출소 소장을 불러 보초를 서게 한다. 일개 중앙정보부 경비가 이 정도로 끗발이 좋았으니 그 위의 상사들이야 어떻겠나? 지휘 계통도 없고 상대방의 자존심, 인격, 존엄성 같은 것은 아예 생각할 수 없는 무법 천지였다.

'서울 손님!' 그들이 붙여준 존칭이다. 청주에 있는 고급 술집으로 끌고 간다. 그들이 나타났다 하면 술집은 벌집을 쑤셔 논 것처럼 화기가 돈다. 마담 이하 접대부 아가씨들이 따라붙어 갖은 아양을 떨어댄다. 경위야 어떻든 잠시 동안이지만 세상 사는 맛을 만끽했다.

기술자들에게 특별한 중앙정보부 요원들의 배려였다. 교환대를 잘 만들어 달라는 선심이다. 그날의 술값은 공짜지만 나중에 마담에게 돌아오는 간접적 혜택은 대단하다. 기업하는 사장들한테 중앙정보부 요원이 전화 한 통화만 하면 만사가 해결된다.

"야! 그 집 술 좀 팔아 줘."

반강압적 명령 한 마디면 끝이다. 불복종했다간 골로 간다. 기업들이 살려면 그들 눈에 나고는 어림도 없는 일이다.

전화시설을 하게 되면 으슥한 곳이고, 어두운 곳이고 무사통과할 수 있는 특권을 가지고 있다. 지하실 구석에는 야구방망이부터 쇠파이프까지 무시무시한 기구들이 널려 있다.

간첩 잡아 취조하는 곳이라고 하지만, 기업들 뒷조사하여 돈 뜯어내는 곳이다. 털어서 먼지 안 나오는 자 어디 있겠는가? 이것이 우리나라 중앙정보부의 현실이었던 것이다.

하얀 기도

♣♣♣♣♣ 고된 세탁소 일에 결국 집사람이 병이 났다. 일이 고되기도 하였지만, 짧은 영어로 서양인들을 상대하느라 신경을 쓴 데서 온 피로감이 겹친 것 같다. 가정의가 정해준 병원으로 진찰을 받으러 갔다.

병원이라야 우리나라 시골 보건소같이 왜소하였다. 이민 오기 전에는 선진국이라 병원시설이 엄청나게 크고, 깨끗할 거라고 생각했던 내 생각이 한참 빗나간 것이다.

병원 안은 무거운 침묵이 흐른다. 불안하고 두려움이 엄습해 왔다. 서너 평 남짓한 어두컴컴한 수술대기실에 여러 나라 인종들이 초초하게 순서를 기다리고 있었다. 이루 형용할 수 없는 퀴퀴한 냄새가 사정없이 콧속을 후빈다. 여기저기서는 한숨에 가까운 신음소리가 새어 나온다.

늙수그레한 인도 촌로는 나의 옆 모습을 훔쳐보다 나와 시선이 마주치자 짐짓 아무렇지 않은 듯이 고개를 떨어뜨린다. 그의 근심스런 모습에서 예사롭지 않은 병이라는 것을 직감할 수가 있었다.

한쪽 구석에서는 젊은 부부가 무엇이 즐거운지 주위의 이목은 아랑곳하지도 않고 헤헤거린다. 불쾌한 표정을 짓는 나를 보곤 몸을 움츠리지만 잠시뿐! 또 다시 까르르한다. 정말 꼬집어 주고 싶은 얄미운 사람들이다. 미루어 짐작하건대 복강수술 정도 받으러 온 사람들 같았다.

한시 빨리 이곳을 벗어나고 싶은 충동이 앞섰다. 10시 30분에 예약을 했는데 12시가 되어도 소식이 깜깜하다. 기다리다 지친 집사람의 초췌한 모습을 보니 몹시 안쓰럽다.

무릇 사람들은 일상에서 기다림이란 저버릴 수 없는 필연이다. 그리운 사람을 만나는 기다림, 공공장소에서 질서를 지키는 기다림, 물건들을 사기 위해 대기하는 기다림 등등 숱한 기다림 속에 유독 환자의 기다림은 생사가 걸려 있는 처절한 기다림이다.

너무 오랫동안 기다렸다고 간호사에게 채근하자 비로소 알았다는 듯 주사바늘을 끼웠지만 30분이나 넘어 차례가 왔다. 엄마 손 잡은 큰애의 손이 가늘게 경련을 일으킨다. 작은애는 벌써부터 목구멍에서 그렁그렁 반 울음소리가 새어 나온다. 애써 태연한 체하는 나의 심장 맥박도 천둥치듯 한다.

불안해 하는 나를 아내가 오히려 위로한다. 며칠 전 목사님의 기도가 어찌나 예리한지 짜릿한 전율 같은 것을 느꼈다고

한다. 마치 천사가 되어 우아한 날갯짓을 하며 자유롭게 창공
을 유영하는 황홀감에 빠진 기분이었다면서 오히려 나를 위로
하는 말에 적이 안심이 되었다.

집사람의 병은 심한 노동으로 복부에 물이 차 생긴 병이라
간단한 수술로 문제가 없으니까 걱정 말라는 가정의사의 말에
안심을 하면서도 수술대로 들어가는 집사람을 보니 불안한 마
음이 떨어지질 않는다. 혹 암이 아닌가 하는 반신반의 노파심
이 머릿속에 응고되어 있었다.

긴 복도를 어정거리며 '주의 친절한 팔에 안기세' 찬송가 한
구절을 끊어진 레코드판처럼 웅얼거리고 있었다. 장시간이 지
나자 담당의사가 마스크를 쓴 채 문을 열고 나왔다. 피로의 기
색이 역력하다.

큰아이가 무어라 묻자 마른 수건질을 하던 손바닥을 이마에
댄 채 빤히 쳐다본다. 재차 질문하자 그제야 알았다는 듯 "아!
그 여자, 좋아, 아주 좋아 문제없으니까 걱정하지 말라"며 한
눈을 찡긋하며 V자를 보이며 저쪽으로 횡하게 사라진다.

순간 난 그 자리에 무너지듯 털썩 주저앉았다. 가야금 줄처
럼 팽팽하던 긴장감이 풀리자 온 힘이 빠지는 느낌이었다. 환
희의 눈물이 주책없이 흘렀다.

"하나님 감사합니다."

두서없는 기도가 끝없이 나의 입에서 이어졌다.

또 다시 기다림의 연속이다. 종전의 기다림은 불안 초초함의
기다림이 있었다면 지금의 기다림은 긴장이 풀린 명암이 엇갈

리는 무료한 기다림이다.

　얼마간 시간이 흘러서야 간호사가 마취에서 깨어난 아내가 있는 곳을 턱으로 가리킨다. 한 걸음에 다가갔다. 아내는 양미간을 찌푸리며 무척 고통스러워 했다.

　우리의 재회의 기쁨이 채 가시기도 전에 간호사가 절반도 안 들어간 주사바늘을 빼면서 퇴원해도 좋다는 것이다. 순간 나의 관자노리가 꿈틀댄다. 아무리 괜찮다고 하지만 수술한 환자를 이렇게 취급해야 하는가? 무어라고 한 마디 하여야 하는데 아무 소리 못하는 나의 무능함을 자책하며 간신히 참았다.

　'백의의 천사들이여! 병상에서 신음하는 환자들을 한 사람이라도 편하게 보살피시라. 나이팅게일의 정신으로…….'

　독백으로 나의 마음을 안정시키는 데 만족해야만 했다. 서둘러 옷가지를 챙겨 병원 문을 나서니 후텁지근한 여름 날씨가 가을 날씨처럼 화창하게 느껴졌다. 이것을 두고 천사가 되어 하늘로 올라가는 기분이라 할까? 하나님 품으로 안길 수 있도록 하얀 기도하여 주실 분 거기 누구 없나요?

허무

✦✦✦✦✦ 시, 수필, 소설(장르)은 문인들의 사색하는 마음이 순간적으로 황홀함을 느낄 때 떠오른다고 했다. 그렇다고 꼭 문인들에게만 국한된 일은 아니다.

모든 사람에게는 영감靈感이라는 것이 있다. 다만 발굴할 능력이 전문인들보다 떨어질 뿐이다. 그 영감을 최소한 내포할 소질이 갖춰져야 훌륭한 글이 나오고 창의력을 개발할 수가 있다. 아무리 사소한 것이라도 노력만 하면 밝게 태울 수가 있다.

인간은 창조적인 욕구를 지니고 있지만 내분으로부터 분출시키려는 재질이 부족하다고 지적하고 있다. 개인마다 차이는 있지만 각자의 노력여하에 달려 있는 것이다.

특히 문학인들은 끊임없이 창의력을 발휘하여 어떻게든 좋은 소재를 만들려고 안간힘을 쓰며 독창적 창조정신에 몰두한다. 그러나 아무리 창의력을 동원하고 사고思考를 해도 인위적으로 풀지 못하는 일들이 우리 주변에 널려 있다.

예컨대, 인생은 어디서 왔다가 어디로 가는 거냐고 하면 아무도 자신 있게 대답할 사람이 없다. 고작 '알이 먼저냐 닭이 먼저냐' 시비로 창조와 진화론 사이에서 갈팡질팡하는 것이 인간의 한계인 것이다.

풀리지 않는 미스터리는 종말에 가서 신앙이 인간을 지배하면서 맹신하는 성도들이 늘어가고 있다. 신앙적 관념들의 형체를 초월한 추상적 개념이 생기는 것이 종교의 실태다.

그렇기 때문에 젊은 세대들은 종교의 혁신적 개혁을 끊임없이 원한다. 고루한 신앙에서 지루함을 느낀 신세대들은 '신 : 교의 자유'信 : 敎-自由를 추구하고 신망애信望愛를 갈구하는 종교의 신성함을 요구하게 되는 것이다. 교계는 젊은 세대들의 욕구를 투명하게 풀어주지 못하고 진부한 성경 소리만 연출시킨다면 젊은 세대들은 방향을 잃고 교회마다 기웃거릴 것이다. 이것을 교계는 심각하게 받아들이고 고민하여야 할 것이다. 소외되어 가는 종교계가 안타까워 진정한 마음에서 감히 한 말이다. 오해가 따를까 봐 매우 조심스러워진다.

낙엽이 수북이 쌓인 공원길을 걸었다. 눈비가 섞인 싸락눈이 낙엽 속으로 따갑게 파고든다. 함박눈이었으면 산책길에 심취心醉한 낭만을 즐길 수 있을 것을……, 조물주의 심술이 얄궂다. 낙엽 위로 매정하게 떨어지는 싸락눈은 아픈 세월의 흔적들을 들추어 외투 속으로 몸을 움추리게 한다. 발길에 채이는 낙엽도, 나뭇가지에 아직도 오돌대는 나뭇잎들도 보내는 세월이 아쉬운 듯 파르르 떤다. 초겨울 산야의 을씨년스러운 정취는 인생의 허무한 감정을 한껏 북돋우어 준다.

초로의 허전함은 비록 나만의 생각이 아닐진대, 오늘 따라 유난스레 쓸쓸한 기분이다. 갈 길은 아직 준비도 안 됐는데 매정스런 싸락눈은 매질을 한다. 마지막 잎새들의 처연한 모습은 바로 동병상련同病相憐의 노객들의 모습이다.

새해를 맞은 지가 어제 같은데 뒤돌아보니 또 한 해 마지막 달이다. 문득 나이테에 서성이고 있는 내 모습에 한기를 느낀다. 인생은 눈 한 번 떴다 감는 찰나라 했다.

인간은 죽음을 목전에 두고서도 끊임없이 내일을 기다린다. 그것은 오랜 인생의 삶에서 희망을 갈망하는 몸에 밴 고질된 습성일 게다.

그러면서도 한 달이 왜 이리 짧은지 일년이 하룻밤 꿈꾼 것 같다고 가는 세월을 원망하는 것을 주위에서 가끔 본다. 죽음에 대해 허무해 하면서도 애써 죽음에 초연해지려는 안간힘이다.

항상 젊은 것이 아니다. 젊었을 때에 자기의 인생여로를 꼼꼼히 챙겨두면 나이 먹어 후회할 일들이 줄어들 것이다. 이렇게 보면 올해도 잘한 일보다 잘못한 일이 더 많다. 마지막 남은 달력 한 장이 의미심장하게 마음 속으로 파고든다.

오! 쿠바여

♣♣♣♣♣ 3시간 만에 도착한 쿠바공항은 강풍을 동반한 먹장구름이 덮쳐 있었다. 더운 나라로 생각했던 나의 생각이 완전히 빗나갔다. 아니 그때까지만 해도 그랬다.

대합실로 들어왔다. 화장실 냄새가 콧속을 파고든다. 파리 떼가 덤벼든다. 시설이 우리나라 중소도시 고속터미널 정도로 한산하다. 대합실을 빠져 나오자 바람은 더욱 세차게 몰아친다. 대기중이던 차를 타고 예약한 호텔로 달렸다.

길옆에 즐비한 집들은 우리나라 60~70년대 청계천 판잣집을 겨우 벗어날 정도였다. 성냥갑처럼 지은 집이 바람이 불면 금방이라도 날아갈 것 같다.

여장을 풀고 해변을 걸었다. 야자수 이파리로 엮은 초옥들이 이채롭게 시선을 끈다. 파고가 산처럼 친다. 맥주병이라서 수영을 배우러 왔는데 시작도 하기 전에 자신을 잃고 말았다.

바람 따라 야자수 이파리들이 춤을 추어댄다. 산발을 한 미친 여인처럼……. 그러다 어느 순간엔 참빗도 되었다. 때론 갈퀴로 변신을 하며 현란하게 몸을 흔들어대는 것이었다.

저녁이 되니 골프광들이 들이닥쳤다.

"언제 오셨어요? 골프는 많이 치셨나요?"

쿠바에 와서 맨 처음 받은 인사다. 80%가 캐나다 동포들이다. 새벽 5~6시가 되면 마음은 벌써 골프장에 가 있는 것이다. 마치 암행어사 출두하듯 골프장으로 행차를 하는 것이다. 여기서도 특유의 빨리 빨리 기질은 예외가 아니었다. 아마 일을 그렇게 하라면 사생결단 싸우러 덤볐을 것이다.

호텔 바는 먹을거리 골목 같다. 골프를 안 치면 별로 즐길 것이 없어 그곳으로 몰린다. 있을 동안은 주유천하다. 아주 비싼 위스키는 돈을 받지만 웬만한 위스키는 모두 공짜다.

캐나다 일불짜리가 쿠바의 일페소에 조금 떨어진다. 팁을 넉넉히 주면 웨이터들의 서비스가 만점이다. 너무 지나쳐 오히려 부담이 갈 정도다. 술이 떨어질 사이를 두지 않고 쉴새없이 갖다 놓는 것이다.

젊음의 쇼는 향기를 마음껏 풍겨낸다. 우리의 춤에 비해 동구권의 춤은 생동감이 넘쳐나고 절도가 있었다. 동양 아가씨가 유난히 눈에 들어왔다. 일제 강점기 때 정신대를 피해 태평양을 건너온 한국인 3세라고 한다.

찐한 동포애가 느껴진다. 한국말을 전혀 못하였다. 간단한 영어로 몇 마디 주고 받았다. 흡족하지는 않았지만 서로가 마음으로 의사소통이 되었다. 그것만으로도 다행이었다. 정확한 숫자는 알 수 없으나 약 190명이 조그만 배를 타고 오다 풍랑으로 죽고 90명 정도 살아서 사탕수수밭에서 심한 노동을 하면서 살았다고 한다.

TV를 켰다. '아뿔싸! 그거였구나!' 나 자신도 모르게 기염을 토했다. 공항에서 보았던 먹장구름이 '아이티' 영향이었다는 것을 TV를 보고 알게 되었던 것이다. 많은 희생자가 속출하는데 피서를 즐기자니 조금은 우울해진다. 어쩔 수 없는 상황이라 스스로 위로하면서…….

하룻밤을 자고 '아바나'로 달렸다. 해변을 낀 광활한 대지는 끝도 없이 이어진다. 초목은 황달이 들어 갈색으로 변해 있고 그런 속에서 소, 말, 양떼들은 걸신이 들린 듯 피골이 상접되어 먹이를 찾고 있었다. 그야말로 초근목피다.

땅 미는 '불도저'가 한 번만 왔다 갔다만 해도 기름진 옥토가 될 수 있는 땅이 아깝게도 사회주의 그늘에서 황무지로 썩고 있는 것이다. 이것이 사회주의란 말인가? 노동자 농민들을 이렇게 놀려도 되는 걸까? 장애자 어린이들을 거리로 내몰아 구걸을 시키는 것이 사회주의란 말인가? 왜 넓은 영토는 묵혀두고 국민들을 놀리는 걸까? 미국과 러시아 사이에서 양다리 걸치고 추파를 보내며 생활을 하는 것이 '마르크스주의'라면 마르크스는 국민들에게 크나큰 죄를 짓는 것이다.

3시간 만에 도착한 아바나 시내는 남루하기가 이를 데 없다. 고색찬란했던 건물들은 고사 직전이었다. 손으로만 만져도 허물어질 지경이다.

휠체어를 탄 장애인들이 손을 내민다. 먼저 다녀오신 분들의 동냥지식도 있고 하여 미리 준비하였던 용돈으로 몇 페소씩 인심을 썼다. 넉넉히 주지 못한 것이 마음에 걸린다. 사선을 넘어온 탈북자들이 오늘 따라 생각나는 것이 나만의 생각일까? 마음이 아프다.

쿠바는 서인도제도 중 가장 큰 섬에 대소 약 1300개의 섬으로 구성되어 있다. 1492년 콜럼버스에 의해 발견되었다. 1962년 10월 미국 케네디 대통령은 소련의 미사일 반입을 막기 위해 쿠바에 대한 무력 해상봉쇄를 선언하였다. 미소간의 험한 대립을 보였으나, 소련의 굴복으로 3차전쟁의 위기가 해소된 역사적 대사건이었다. 벌써 48년 전 일이다.

항공모함

❖❖❖❖❖ 동포들의 밀집지역인 '블르어' (Bloor ST.) 거리를 걷다 보면 거대한 항공모함을 타고 있는 기분이 든다. 비좁은 태두리 안에서 지지고 볶으며 살다 보니 바깥세상을 모르고 살아온 고질된 기현상이 아닌가 싶다.

유학생들 수효도 기복이 심하다. 어느 해는 부쩍 늘었다가 또 어느 해는 부쩍 줄어들어 학생을 상대로 하는 한인들에겐 장사에 지장이 많다. 특히 식당, 이용원, 미장원 업에 종사하는 분들은 치명적이다.

그들의 애로는 다양하다. 이런 속에서 살다 보니 바깥세상과는 아예 담을 쌓고 산다는 것이다. 아주 먼 나라에 온 것 같은 착각이 들 때도 있다는 것이다. 아직도 외국 사람과 마주치면 생소하고 알던 영어도 잊어져 간다고 한다.

나다 생활이 힘들다고는 생각했지만 이렇게까지 어려운지는 몰랐다. 한 번쯤은 밖으로 곁눈질을 할 법도 한데 그 속에서 무던히 버티어 온 그들의 인내가 부럽기도 하고 답답하기도 하다.

요즘은 유학생과 이민자가 뜸하여 더 울상이다. 아무리 발버둥을 처봐도 남는 것은 제털 뽑기다. 그래도 초창기 시절에는 하루 장사를 하면 달러의 단가가 높아 몇 년만 고생을 하면 집을 살 수가 있었지만 지금은 어림없는 일이다. 주머니에서는 먼지만 폭석인다고 한다.

지금이야 투자이민이다, 순수 투자이민이다 하여 재산을 지니고 올 수가 있었지만 초창기 때는 그런 제도가 없었다. 고국에 재산이 있는 분들은 형제 자매들에게 모두 나누어 주고 달랑 주머니에 달러 2~3백불 정도 지니고 이민 길에 오른 분들이었다.

사정이 이렇다 보니 서로 살기 위하여 이웃도 없다. 한 집에서 의형제처럼 살아오던 사람이 하루아침에 변심을 하여 옆집에다 가게를 차리는가 하면, 리스(월세 기간) 기한이 끝나기가 무섭게 세든 사람을 내쫓고 주인이 차고 앉아 비즈니스를 하는 경우도 있다.

드물지만 그렇게 하여 집을 쫓겨나는 사람들도 종종 볼 수가 있다. 같은 민족들 간에도 이런 일이 일어나는데 다른 나라 사람들이야 말할 필요도 없다.

중국인들한테 걸리면 깔축없이 쫓겨난다. 악명 높기는 그리스 사람들을 따를 수가 없다.

나는 가끔 크리스티 공원엘 나가는 것이 습관이 되어 버렸다. 오고 가는 발길에서 고국의 정취를 느낄 수가 있어 좋았고, 그들을 보면서 고국의 잔잔한 추억을 음미할 수가 있기 때문이다. 처음 보는 사람도 어디서 많이 본 듯한 느낌이 들 때도 있다. 같은 동양인으로서 피부로 느끼는 친근감일 것이다.

'아! 옛날이여!' 하는, 그 옛날 명동을 주제로 한 가요곡이 애틋하게 가슴 속으로 파고들어 더욱 비애감이 서린다.

기울어져 가는 블르어거리의 흥망성쇠를 서러워하며 발길을 핀치(Finch)로 돌린다. 언제부턴가 핀치는 한국인의 물결로 일렁이고 있었다.

'셰퍼드' 에서부터 '스틸스' 까지 동포들의 상가들이 눈에 들어온다. 가슴이 뭉클해진다. 블르어에서 잃은 것을 여기서 보상받는 기분에 그나마 위안을 받게 한다.

사람 그늘에서는 살 수 있어도 나무 그늘에서는 살 수 없다는 말도 있다. 장사도 장사 속에서 한다고 블르어의 어려움이 핀치에 몰린 것 같다. 하지만 핀치도 안심을 할 수가 없다. 머지않아 닥쳐올 미국의 무비자는 상가를 세 내어 사는 사람이나 유학생에게는 심각한 고민거리다.

일차적 책임은 이민자들 몫이지만 부차적으로는 캐나다 정부도 책임을 회피할 수 없다. 이민을 불러 들였으면 같은 동포로 대우를 하여 주어야 한다. 그래야만 이민자들이 마음 놓고 비즈니스를 할 수 있다.

책상공론이나 하며 배 주고 배 속 빼먹듯 반강제로 투자자들의 재산이나 갈취하고 있으니 어느 누가 이민을 오겠는가? 캐나다 정부의 이민제도는 하루 속히 바뀌어야 한다. 후속으로 오는 이민자들을 위해서라도……. 마음 놓고 이민을 신청할 수 있게 말이다.

그렇다고 의기소침하거나 비굴한 모습을 보여서는 더 힘들어진다. 동포들은 혼연일체가 되어 이 어려운 난국을 헤쳐 나가야 되겠다. 잃었던 블르어의 명성을 찾겠다는 신념을 갖고 심혈을 기울이자.

코리아타운 파이팅!

정충모 수필집

설원에 떨어진 신토불이

지은이 / 정충모
펴낸이 / 김정희
펴낸곳 / **지구문학**

110-122, 서울시 종로구 종로2가 39 뉴파고다빌딩 215호
전화 / (02)764-9679
팩스 / (02)764-7082

등록 / 제1-A2301호(1998. 3. 19)

초판발행일 / 2010년 5월 10일

ⓒ 2010 정충모 Printed in KOREA

값 12,000원

E-mail/jigumunhak@hanmail.net

※잘못된 책은 바꿔드립니다.
※저자와의 협약으로 인지는 생략합니다.

ISBN 978-89-89240-36-5 03810